我们好像在哪见过

郭诚 著

人民邮电出版社
北京

图书在版编目（CIP）数据

我们好像在哪见过 / 郭诚著. -- 北京 : 人民邮电出版社, 2014.4 (2014.7 重印)
ISBN 978-7-115-34903-3

Ⅰ. ①我… Ⅱ. ①郭… Ⅲ. ①游记－作品集－中国－当代 Ⅳ. ①I267.4

中国版本图书馆CIP数据核字(2014)第040336号

内容提要

三年前，作者郭诚自越南归来，递出了迄今为止最后一封辞职信，自此专注于他的世界之旅。在经纬度相异、语言不通、季节与温度反差的异国他乡，他一次次在旅途中传递爱与善良。他坚信，万事存异，唯爱恒一。于是就有了这本书，讲述旅途所遇，有缄默不语为母亲拭去泪水的 8 岁男孩、以梦想做信仰的小城姑娘、不太浪漫的法国男人……走得越远，越能清晰地找到来时的路。行程逾 30000 公里，温暖随行。

◆ 著　　　　郭　诚
责任编辑　李　璇
执行编辑　杨　爽
责任印制　周昇亮

◆ 人民邮电出版社出版发行　　北京市丰台区成寿寺路 11 号
邮编　100164　　电子邮件　315@ptpress.com.cn
网址　http://www.ptpress.com.cn
北京天宇星印刷厂印刷

◆ 开本：880×1230　1/32
印张：7　　　　2014 年 4 月第 1 版
字数：150 千字　　　　2014 年 7 月北京第 4 次印刷

定价：36.00 元

读者服务热线：(010)81055296　印装质量热线：(010)81055316
反盗版热线：(010)81055315
广告经营许可证：京崇工商广字第 0021 号

我遇见8岁的鄂温克族男孩，他一言不发，为母亲拭去泪水。

我遇见16岁的边境姑娘，过着有别于他人的年少生活。

我遇见22岁的武警战士，他的善良柔软了脊背之上的暴力武器。

我遇见30岁的阿赫买提，我们回归本源，以声音作语言、用表情来沟通。

我遇见40岁的神秘采药人，桀骜不驯，恰如少年。

我遇见50岁的街边摊主、60岁的出租司机、80岁的耄耋老人……

我遇见了365天的锦绣年华，现在，我遇见你。

我和他们，一生只相见一次，永不再见。
我和他们，又出现在每个人的故事里，循环往复。
我把他们带到你的身边，只见一次，足矣，勿念。

献给所有渴望单纯，
却又不得不为了生活违背了自己意愿的你。

序／梦想和爱无处不在

有人说，人生就是从B到D，birth to death，其中只有C，choice。

我们似乎很难自己去选择这个C，而是被“老师说”“家长说”“领导说”包围着，还有一顶帽子叫作“不负责任”。

12岁那年，我第一次单独出行，去了北京，战战兢兢的，但更多的是一种完全掌控人生节奏的兴奋。是的，旅行仿佛是一个控制器，在开始和结束之间，你是毫无疑问的舵手，掌控这一段或长或短的时光。这让我很着迷，找了许多机会去旅行。

在其后的很多时刻，这些我掌控过的时光带给我无尽的“财富”，所谓“读万卷书，行万里路”，这么些年，走过的这么些路，读过的这么些书，从某种意义上来说，改变了我的人生。从掌控旅行的时光开始，掌控自己的人生。

只是，随着年龄的增长，仿佛越来越难以寻找这种“掌控”了，时间和选择被各种“不得不”占领：为了家庭父母，为了供房养车，为了孕育新生命，为了……其实，这些都是借口，人生有千姿百态的活法，要不要打破这些“社会共识”的框框，要不要做“你”自己，都是你的选择。如果认定人生只有一次，那就没有随波逐流的理由。

道理总是说来容易做来难，要做不一样的“非典型性”C，需要很多勇气来面对各种“目光”和“关心”，更需要学习如何做出选择。

橙子就是做出了不一样的C的那个人。

所以，我是嫉妒他的。在一个意气风发的年龄，迈出了那样青春无畏的脚步，走向这个广阔的地球村，在历练里寻找并传递着一种叫做“爱心”的梦想，并将这份理想逐渐描画出了具体的模样。

初识橙子是因为公益，因缘际会，让我成了橙子的公益旅行团队——80公升的公益顾问，第一次见面，在麦当劳，这个又高又帅带着稚嫩青涩的阳光大男孩向我展开的是一个充满了激情和爱的梦想。

是的，我愿意称它为梦想，因为，80公升最初朦朦胧胧的那个朴素、理想化的天真想法，更像是个梦想而不是具体的目标：旅行，并在旅行中传递爱。

在后来橙子一次又一次的活动中、旅行中，我见证了这个梦想的发芽、生根、开花，那个仿若梦想的目标，一点一点渗透在他的脚步中，正如这本文集所展现的那样，充满了浓浓的爱。

时隔一年，再见橙子，他黑了，但是目光中多了许多内容，更加坚定、成熟、稳重，并且快乐。

他在地球这个大大的空间里行走，寻找极限，却发现着平凡，在这本小集子里，可以看到他体会到的人生，认识到的无常，品味到“平淡”中更多的滋味。

我也相信，在橙子这个C的背后，还有很多压力、郁闷，但就像他自己写的那样：我们这点忧愁烦恼的思绪犹如沧海一粟，不足挂齿，万事不顺也可如皈依的僧侣剃去三千烦恼丝一般轻易地抛在身外，因为在世界看来，我们太渺小了，小到——甚至什么也不是。

所以，什么都不是的我们只管走下去，无论是旅途还是人生。

梦想和爱无处不在，在路上或者在家中，有爱的眼睛总会和它们相遇。

当我们相逢，可以说一声，我们好像在哪里见过——有爱的人都有一样的纯净笑容。

王晶冰

麦田教育基金会副秘书长

2014年2月25日于新疆

自序／我们好像在哪见过

我不是旅行家，我只是用行走的方式，寻找一份共鸣，让人们真正体会到温暖的珍贵以及苦难的渺小。

总有那么一瞬间，觉得这一秒发生的事情，好像在过去某一时刻完好无损地发生过。未知的天气、途经的汽车、陌生的行人，甚至连他们的动作和表情都那么的熟悉，我开始无止境地回忆，但无论如何也忆不起这一幕在何时有过。“不会的，这座城市，我是第一次来。”我猛然惊醒。

在我们的生活中，每天都遇到很多像我们一样的人。我们乘坐同一辆地铁，在同一站下车，买了同样的早餐，我们不断地擦肩而过，永远觉得对方面熟，却始终不曾相识。

我们彼此所做的事情，学习、工作、恋爱，甚至生活轨迹，都如一段相同的程序般吻合，可在这之间却少了一样东西——微笑。

所以在旅行中，我喜欢与人聊天。越是偏远地方的人，心中越没有秘密，聊着聊着，好像我们曾经在哪里见过，美丽的笑容、透明的心、熟悉的问候和说话的语气都是那样熟悉。

每个人都是值得尊敬的，他们之所以看上去普通得要命，是因为我们并不知道他们背后的故事。那些由远及近向我走过来的人们，满载着他们的故事，待人发现。

我们何不把遇见的每一个人看作是一份包装精美的礼物呢？也许只需要一句“你好”，就可以帮我们打开包裹。有些礼物，注定了就是你的，他们会告诉你他们的经验，与你分享他们的喜悦，然后你从中汲取所需的营养，而这一切，只需要一个真诚的微笑。

所以今天，我请你来听故事。

目录

每个人都有一个小梦想

29°3′N
117°2′E
40°C

瑶里阳光下的精彩

不知为何，总觉得瑶里的空气中弥漫着一种清香的味道，我带着文人墨客的心思去寻这香气，走到古镇石台前，行至木制走廊下，在码头的河水边，都没有找到这令人陶醉的香气从何处而来，于是自作主张地给这个味道下了个定义，归结为瑶里夏天的味道。

瑶里的东埠码头很出名，码头的河岸两边，是妇女们谈论家长里短的场所。每日这里聚集着三五成群的妇女，围在河水边洗衣，用木棒敲打着衣服，夹杂着季鸟的鸣叫，自然合成了一首婉妙的乐曲。这里的盛夏，本没有什么游客，我们的造访却也没有影响她们的节奏，她们依旧聊着天，不急不慌地做自己的事情。在河中央，一位精瘦的渔民正挽起裤腿，光着膀子弓着背，用捕鱼叉捕鱼，虽然几次“进攻”都无功而返，但丝毫看不出烦躁不安。

坐在村头阴凉处休息的老人告诉我们，眼前的这条河叫东河，基本上每年春天都要涨潮一次，水位很高，一直会没过离河水最近的那两排房子的腰间。好在涨潮时间不长，几个小时就可以退去。他把我们带到不远处的一个木头柱子前，指着上面的横线，“看，这是2012年的水位，今年还要更高一些。”“那这些房子不就都被淹了？人怎么办呢？”老人大笑起来，“涨潮的时候楼下不住人的，家家户户都把门打开，人住到楼上去。”

到时，河水从屋子中间穿过，楼上就形成一个水上凉亭，舒适惬意。

老人82岁，从小生活在这里，他说他们家族已经在这里生活了八代，每年守着涨潮落潮，守着背后的高岭山，守着古镇里古朴的民风。他也说不上来这里为什么一下子火了起来，来了这么多游客，他也无法从我们的京腔中辨别我们是从哪里过来的，但是他熟悉这个城镇的呼吸、阳光的温度与河水的脾气。老人提及涨潮，愈发肃然起敬起来，在他看来，人是世界上最脆弱的生命，那水、那山、那阳光、那空气，全都蕴藏着巨大的力量及智慧。没有这些，便没有整个村子，没有了这里世世代代生活着的人们。

这里的人们离不开河水，所以也就爱上了这河的潮汐，爱上了东河赋予这里的遍地磁石及泥土的芳香。或许我们许久未能寻到的香气，正是从土地的缝隙中滋芽生长出来的，然后飘散到周围的每一个角落。

守在巷子里的人们以老人居多，大家都把房门敞开着，内外通透，只听屋内传出的电视——戏曲声，在小巷子中回荡。老爷子偶尔与旁边路过的行人打招呼，偶尔想起什么，问我们来自哪里。我们如实作答。

“北京好吧？”

“好。但是跟这里没法比。”

“怎么会，去过的人都说北京好，北京是首都。”老爷子说。

他对北京充满向往，只是当我问他想不想去北京时，他却说：“我最想看戏。”

不知道是否因为没有听清楚我的问题，以致他的回答如此不着边际，不过我却认为这已经是最好的答案。如果让我选，我也会选择在自己老去的时候，悠哉地生活在伴随自己长大的故乡，做自己喜欢的事情。老人自然不知道我心里在想些什么，他跟着戏曲的节奏独自哼着，宁愿在这河边坐上一辈子，闭上眼睛，看见世界。

一辆载满梦想的短途车

每个城市独具特色的交通工具，往往可以成为游客对于整座城市印象的构成元素之一。比如多年前的北京，庞大的自行车队伍自成一景，黄色的出租车和“大发”小面包车比比皆是，而现在，随着城市化的快速发展，加之奥运会前对道路的整顿、私家车数量的高速增长，北京的自行车显得没有那么多了，但拥挤的公交车和大街上永远在“赶时间”的人群成了北京新的标志：他们没时间在家吃饭，带着早餐匆匆赶路；没时间吹头发，湿漉漉地出门上班；没时间等红灯；没时间跟你打招呼；没时间笑；甚至没时间考虑自己为什么这样、自己的生活到底好还是不好。

景德镇的人们喜欢骑电动车，静悄悄地开始他们再平常不过的生活。盛夏的景德镇，阳光刺眼，温度高于体温，这里的电动车与其他地方的明显不同，人们喜欢给自己的电动车上加一把伞，搭一个遮阳的凉棚，对抗这不留情面的天气。在车流量大的地方，也不难发现修理电动车或是更换配件的小门脸，叮叮当当，热闹非凡。待上班高峰一过，大街上像八音盒盖上了盖子，又恢复了平静。

走到里村汽车站的时候，我已是汗流浃背。车站的规模与想象的相仿，客流量不大，两三辆小巴士停放在空场边缘，除了调度室里有两位工作人员安逸地喝茶之外，看不到负责售票的人员和司机，这闲适的车站好似整个景德镇的缩影。

“你们去哪？”调度室里的人问。

“瑶里。”

“去瑶里的车已经走了，不过你们可以坐那辆车，”工作人员用下巴指了一下距离我们最近的一辆敞开着门的小巴士说，“先到鹅湖，然后从鹅湖过去，很方便。”随后她又补充道：“先上车，再买票。”

小巴士，其实算是中巴，可容纳20名乘客。车内没有空调，看起来有些年头了。我们抱着行李蜷缩在最后一排，把车窗开到最大，像鱼缸里的金鱼一样，大口呼吸着空气。车上的售票员是个年龄与我相仿的女孩，发车时间一到，不知从哪里冒出来，招呼所有的乘客一起上车。

“上车了上车了，去鹅湖的。”

在她的生活中，这份工作像呼吸一样必不可少。

司机在市区开得很慢，车里有抱小孩的妇女，有吃早餐的年轻人，也有拎着大包回乡下探亲、脸上布满皱纹的老人，大家各自坐在自己的位置上，自得其所。汽车摇摇晃晃地行驶，发动机的声音很大，售票员收钱时，必须倚靠在椅子靠背上，扯着嗓子喊出来。

“我们去鹅湖，两个人。”我和坐在靠窗位置的Pietro抱着同一品牌的背包，一看就是一起来的。

女孩把票撕下来给我们，“你们把包放前面吧，抱着多累。”说着试图用一只手拽走我的背包，但试了一下，没有拽动。

“好沉啊！”

“我自己来吧。”

“不用，你坐着。”她把手里的车票夹放在我旁边的空位上，双手把我们的背包抬到车前。汽车忽快忽慢，售票女孩差点摔倒。这让我感到有些愧疚：接近40斤重的背包，对一个弱小的女孩来说，确实有些困难。

“我一看你俩就知道是去瑶里旅游的！”她面带笑容地坐在我们旁边，“前天我也接到了3个人，他们和你们一样，背着大包，是从上海来的大学生。你们是哪里人？”她说话的时候，眼睛里充满了对未知事物的好奇。

我如实告诉她，她说：“北京人说话不是这个腔调，你不算北京人吧。”我刚想申辩，她突然笑着站起身，报站名去了。她性格开朗，话很多，还有点闲不住，哪里有了空座就坐一会儿，乘客多了她就让出来。我们这趟车始终没有坐满，至少我身边的座位一直空着。她一会儿又坐过来，说：“这个季节到瑶里去的人不多，多热呀。而且瑶里古镇也没什么可玩的，你们大老远过来一趟，挺亏的。”

“那什么地方好玩呢？”我问。

“好像景区里可以游泳，也可以漂流，我觉得那些有意思。”她手里拿着张表，上面是车要经停的所有站名，每到停车上人的时候，她就在表格里涂涂画画，记录着人数和票价金额。

“你工作几年了？”

“算上今年，已经快5年了吧。”她用手搓着刚才不小心画在手上的水笔印迹，同时说：“挺辛苦的，也挺无聊的。”停顿了几秒钟，她的眼睛突然明亮起来，“如果在北京，我肯定不卖票，我想去写字楼里工作，当白领。”

我说：“你以为白领好呢？北京很多白领都交不起房租了。”

“那也没关系，至少不用风吹日晒。”

“想听听我的梦想吗？”她继续说。

“当然。”

“我一直想，可以在景德镇开一个属于自己的小店，让街道旁边的热闹也有自己的一份。”

“主要经营什么？”我问。

“嗯——我还没有想好。卖衣服？文具？母婴产品？都可以！”然后她把声音低下来，“其实，即使卖雪糕，也不是不可以的。”随后又把声音提高，好像想起来什么，“有梦想的人很幸福，不是吗？我从小到大的朋友，他们都没什么梦想，每次我说这些的时候，他们都会笑话我，所以我喜欢跟你们讲，这是这份工作唯一可以让我坚持下去的理由，因为每个星期都可以遇到像你们一样的文化人。”

我瞬间觉得，在纯洁的梦想面前，不论它是崇高而又远大的，还是简单而又朴素的，在不同的人看来，其实都一样，有就比没有幸福，有目标并且为之努力的人生就都是精彩的，无所谓这个人是谁、有多大的成就，也无所谓那梦想是否可笑。

“你有梦想吗？”她问我。

“有。我也想过开一间小店。”

“真的吗？开个什么店呢？”

“我也没想好，可能是煎饼店吧，卖煎饼。”我随便编了一个好做的。

“哈哈，别逗了，你们这种人怎么会去卖煎饼？”她半信半疑。

“做什么不重要，关键在于怎么做啊。”这是我在创业的过程中总结出来的经验。“现在卖盒饭都有月收入六七万的了。”

“嗯，真的吗？不过这听起来好像挺有道理的。”她拿出随身携带的一个本子，在已经乱七八糟地记了一堆符号的旁边空白处，写下了这句话，“我以后可以用这句话来反驳我的那些朋友了。”

“是呀，我觉得开个小店挺好的，顺利的话，三年五年就可以把爸妈接到城里来呢！”梦想让她充满希望。

不知道她什么时候才能把这个小店开起来，但那并不重要，重要的是她保有一份梦想，拥有一辆希望小巴，让她知人明事，载着她一步步靠近梦想。

亮点总是在最后

23°2′N
121°3′E
35℃

JUN
瑞和牙醫

在台湾每天都是幸运日

从搭上准点起飞的中华航空班机开始，到飞机平稳降落在桃园机场的跑道上，我幸运的台湾之旅便已经开始了。

透过机舱玻璃，发现天气预报所说台湾一连几周的阴雨天居然被明媚的阳光代替。这是一个雨后晴天，地面坑洼里残留的雨迹竭力证明着天气预报的准确性，但它已对我起不到任何的阻碍。我兴奋地顺着旅客通道走出来，没出机场就遇到热心的远传电信的服务员，向我推荐比我事先在网上查到的价格更低的电话卡优惠套餐。让我感到惊奇的是，她们不但为我抄下在台湾旅行可能会用到的电话号码，而且见我的手机无法装小卡，便帮我把小卡DIY成大卡，保障正常使用，直到我没有一点点疑惑。每次脱口而出“谢谢”二字的时候，换来的都是她们用温柔的目光对视着我轻轻地答——“不会”。

走出机场，开往台北市中心的巴士就停在那里，买票上车毫不耽误时间，车上不会没有座位。司机师傅会记住大多数乘客在哪站下车，到站后大声地提醒每一位乘客。台铁几乎与捷运不相上下，没有晚点和旅客滞留，没有安检和身份核实，有的只是价格低廉的台铁便当；这里所有乘电梯的行人都靠右站立，无论多么拥挤，左侧都可以顺畅通行。

在台湾旅行，根本不用做太多准备，这里有便捷的自助设备、真诚的工作人员和热情的路人……在这里，大多数人都会为你扮演一次天使，而你，一定会得到他们的眷顾。

看到微笑，还担心什么？

台湾的出租车叫做“计程车”，跟大陆一样，可以打表，也可以不打表。

抵达台湾的第二天，我从台北转车到花莲。一路向南，海岛、稻田、高山、溪流，风景打包般一件件倒退过去，还来不及留恋，新的风景就又闯入眼帘，让人应接不暇。最终，我赶在傍晚拍摄的最佳时机之前，在六十石山脚下的富里站下车。

在从花莲到富里的列车上，邻座的米厂老板告诉我，现在这个季节从富里火车站上六十石山唯一的办法就是搭乘计程车，依他的经验，单程大概最低800台币，这比我在网上查到的价格略低。

我是在富里下车的唯一一位乘客，车站小到售票厅、候车室和检票出入口合三为一，而且仅有几排供乘客休息的木质座椅，大小如同一间小型教室，一尘不染。墙上挂着大幅的六十石山宣传画。在墙壁的两侧，吱呀吱呀旋转着的，是年代久远的电风扇。我看见人工售票窗口的附近也和其他车站一样，配备有自动售票机。我掏出手机一看，竟然还有Wi-Fi。如此低调的车站，应该是得益于台湾人低调的做事风格吧？与之相比，大陆一些富丽堂皇的车站，却像暴发户一般存在着。

我双脚踏出车站，深深地吸了一口气——好美！

不会没车吧？我心里想着，环顾四周。从角落的阴凉处悠悠地开过来一辆出租车，稳稳地停在我身边。

“您好，请问去不去六十石山？”我问。司机是个瘦瘦的中年人，慈眉善目。

“上车吧。”他的嗓音听上去有些沙哑，模糊不清，始终面带微笑。

车子缓缓启动，我把沉重的摄影包卸了下来。我试探着问司机师傅价格，并做好了把费用砍到800台币的准备，结果师傅慢悠悠地说：“你给我600就好。”

什么情况？！

“台币？”我问。

师傅笑了起来：“对，台币，新台币。”

“那就是往返一千两百块——台币吧？”我问的时候又特意强调了“台币”二字，怕因为我没有听清师傅的声音。我甚至当即希望把回程也定下来，以免师傅又接到别的活儿，错过了如此便宜的价格。

“对的，1200块——新台币。”

我这才放心下来，连声答应。

在车上，我回忆着朋友告诉我的几家民宿，要在打车的时候告诉司机民宿的名字，因为它们有的在山顶，有的在山脚下，说了民宿的名字，司机就知道在哪停车了。

我把这几家民宿的名字报给司机。“你说的这几家，有一家开门了，但是在山脚下。另外两家在山顶上的都没有开门。六十石山，要去山顶看才漂亮呢。”司机依旧面带微笑，声音极小，似乎遇到转弯的时候，那声音也会由于惯性被甩出窗外。

“那去山顶的价格是多少呢？”我又问。

“也是600块，”司机师傅说：“我带你去山顶吧？那里有几家民宿我都认识，不要紧的。”

汽车在细窄的山路上盘旋着，司机师傅忙不迭地将方向盘左转右转，这些似乎已经成了他的肌肉记忆。我们距离山顶越来越近，每一次转弯，眼前的一切都美得无法用语言来形容，而下一个转弯，又更加令人心醉。我故作镇定，在心里默默地感叹着。透过反光镜，司机师傅一直保持着嘴角上扬。

几十分钟过后，我们经过了几家民宿，可惜它们都已经停业了。师傅解释说，这个季节向来没什么游客，它们一般都是旺季的时候才开门营业。

“再往上走，就是我认识的最后一家了，咱们试试运气吧。”司机师傅依旧面带微笑，从这微笑中传递出一股力量，让我觉得，他所谓的“试运气”不过是成竹在胸的谦词罢了。我依旧端详着窗外的世界，思考应该用一种什么情绪按下快门，拍摄出会说话的图片。至于找不到住处会不会露宿山顶，成为蚊虫的美餐，那些都与我无关。

这是世界上最美味的便当

那天下午，司机终于将我带到山顶的一家民宿，他跟民宿的主人闲聊了几句，又和我约了返程的时间。

“按照规矩，你应该给我1000块，”司机师傅依旧慢条斯理地说，“明天下山的时候，你只要再给我200块就好了。”说完顺手递给我一张名片，“我姓高，你打这个电话就可以找到我。”紧接着的还是属于他的一连串慢悠悠的笑。

我递给他一张崭新的千元台币，他跟我打过招呼，不慌不忙地走了。从常理看，司机师傅完全可以撇下我不管，继续去赚别人的钱。只是当我看着他的眼睛时，我毅然决然地选择了相信他，因为我知道，对于大多数人来说，失信和欺骗别人给自己所带来痛苦的成本，远高于这几百块台币。

翌日，我按照名片上的电话号码给高师傅拨过去。第一次他没接到，过了5分钟再打过去，他接起来，说马上就到了。

比预约的时间提前了半个小时。民宿的老板在窗外喊我：“喂，你的司机过来接你了。”

“哦，好！谢谢您！”我心里一阵愧疚，似乎在此之前的一切不必要的担心，都回过头来狠狠地嘲笑我。

“不用着急，还来得及，可以赶上火车。”高师傅也凑到窗边冲我说道。

收拾好相机器材，背上背包，结完账，我一路小跑到计程车旁，打开门钻进去，“真不好意思，让您久等了。”

“应该的。”他看上去一副精神饱满的样子。

师傅嘱咐我不要落下东西。面对他的善良，我再次被打动。于是我趁他开车之前，翻出了几张我亲手制作的拍摄于北京的明信片，递给他，“这是我自己做的明信片，希望您收下，留作纪念。”我告诉他，北京是我的家，“欢迎您到北京来。”

高师傅欣喜地接过明信片，双手捧着仔细地看，又从衬衫的兜里拿出眼镜，远看一会儿又凑近些看，“哇，你是个摄影师？拍得真漂亮啊。”尽管不是什么贵重的东西，他没有半点敷衍，“大陆现在真的很棒哦，建设得不错。我还没有去过北京，有机会一定要去。”他在前面回过头对坐在后座的我笑了笑，“谢谢你，我一定会收好的。”

车子起步，车速比上山时慢了很多。“我们这边，到七八月份，所有的金针花都会开，很漂亮哦，你有点来早了。”高师傅略带遗憾地说，“不过你看，这边也已经有一部分花开了。”我顺着他所指的方向看过去，汽车缓缓停下，“拍几张照片吧，回家也做这里的明信片哦。”

我手舞足蹈地推开车门，肆无忌惮地按起快门来。“我这样，不耽误您拉别的客人吗？”我问。

“没关系，我已经预留出足够的时间了。”

车子再次启动的时候，高师傅建议我去尝尝这附近的富丽便当：“快到中午了，我带你去尝尝我们这里最著名的便当吧。不尝尝的话你可是会后悔的哦！”

经他这么一说，我真的觉得自己肚子饿了。昨天在山上，没有发现正在营业的饭店和小卖铺，只是填了些从家里带来的压缩饼干。“好啊！”我答应他。

山路崎岖，昨日的火烧云，注定了今天艳阳高照。台湾5月初的温度已是热得要命，远处成片齐整的绿色稻田，在眼眶中热得模糊不清起来。每一个路过的金属牌子，在某个角度折射出力道强劲的光线，刺得人睁不开眼。乡间的小路很窄，由于车少，我们这辆车倒是开得格外顺畅。这个不去吃便会让人后悔的便当店，究竟长得什么模样呢？

“到了。”高师傅把车停了下来，与两旁的朋友打着招呼，热情寒暄。“我们这里地方小，所以大家相互都认识。”他边说边带我走向一幢2层建筑，那里有传说中的便当店。他带我走上去，出现在我眼前的是一个极其朴素的食堂，面积不算很大，冷冷清清的。

“你想要哪种？”高师傅咧嘴笑着。

我回过神来，看着收银员身后的墙上简陋的菜单纸牌：价格从50台币到100台币不等，有普通全素的便当，也有中档的鸡腿便当和高档便当。“我要个鸡腿便当吧，最近几天没有好好吃东西，应该补一补。”随后我在一旁好奇地看着便当的制作过程：厨师戴着一次性地塑料手套，熟练地把事先准备好的食物塞进硬纸盒中的格子里，直到盛满完全塞不下为止，才把纸盖扣上，最后用皮筋把一张印有“富丽便当”字样和联系方式的包装纸绑在盒盖子的外面。

“一份普通便当，一份鸡腿便当。”高师傅在另一边对收银员轻声说。我正要去付款结账，不料却被他一把拦住——

“不用你付，我请客！”

大约20分钟后，我捧着这份热腾腾的便当坐在空无一人的富里车站候车室。距离火车进站还有一段时间，我小心翼翼地打开便当盒子，咬了一口摆在最上面的鸡腿，果真美味！

吱呀吱呀的风扇依旧敬业地吹着，它们显然比空调更适合这里的环境。六十石山美丽的宣传画在墙上挂着。“不尝尝的话你可是会后悔的哦！”高师傅的话又在我耳边响起来，依旧是那么轻缓。

读山

29°6′N
116°0′E
32℃

一定要去五老峰看看

叫“五老峰”的山不止一座，我顶着浓烈的云雾所来到的，是庐山的那座。

诚然，我对庐山并不陌生，从未识百字的童年时期起，苏轼和李白的诗句就构成了我对庐山的最初印象——“不识庐山真面目，只缘身在此山中”、“飞流直下三千尺，疑是银河落九天”，庐山的壮美在我脑海中有了初步的印象。那时候没有见过任何关于庐山的图片和视频，想象中的庐山，登顶后我便可以摘下星辰，那秀山的马尾水，应该是与天相连。接着我从《圣斗士星矢》里看到了童虎和紫龙的“庐山升龙霸”，发现在庐山原来还可以修炼成仙，我也居然一心想去庐山修炼，成为盖世英雄，与宇宙诸神一决高下。再长大些，我发现动画片讲的事是假的，伤心之余又安慰自己，至少庐山还在。上了中学，又从历史老师那里学到了庐山会议，会议内容早已模糊不清，但是还记得那次会议召开的时间——盛夏，不用问，庐山一定是避暑的好去处。再往后，我结识了一位信道教的兄弟，此人对“道”颇有研究，曾经彻夜为我讲述有关道教的故事，说起吕洞宾在仙人洞的修行，我再一次听到了“庐山”大名。再到大学，我逐渐喜欢上摄影，在各大摄影论坛和交流群中潜水学习，也发现了众多前辈关于庐山的作品，更加具化了我对此地的认识。

所以当我决定要去庐山的时候，竟然颇有种似曾谋面的感觉。我知道那是假象，所有的这些，都只不过是一个没有去过庐山的人对庐山肤浅的认识罢了。这些认识受制于自身知识的桎梏，真正的庐山之于我，还是要亲自感受一番才行。

很多人去过庐山，庐山讲给每个人的故事都不同，每个人对庐山的情感也都不尽相同。曾记得十几年前母亲去九江出差，说顺路去了趟庐山，山太大，走了一天，看到了如景如画的湖水，看到了嵌在水中的木亭，看到了成片绿树、成群飞鸟，却没有看到想象中庐山的样子；经过询问当地人才知道，登庐山，非要去五老峰不可。对于我们这些外乡人来说，那些在印象中留存的庐山形象，有相当一部分都出自那里。所以我来庐山，是要寻五老峰的。

7月底的江西热得不像话，即使在避暑胜地庐山，也难有舒适的一天。我和同行的Pietro在牯岭街深处的巷子里探寻，找到了一间简陋的旅店，没有窗子、浴室和空调，但有潮虫、蚊子和蜘蛛。好在也有Wi-Fi。出门一趟再回来，房间里摆放的物件都出了一层汗，变得潮乎乎的。即使是这样的房间，周末的价格也会飙升一两倍，整个庐山的旅馆供不应求。

我们一早从潮热的床上爬起来，伸几个懒腰，推开门去感受房间外面的空气。“先去五老峰吧！”Pietro说，我笑着表示赞同。在他的心中，大概也有一个关于五老峰的故事吧。

偶遇性格古怪的采药人

说庐山可避暑，我只有到了五老峰才稍微有些感觉。两旁的树荫遮蔽着强烈的阳光，每拐一个弯竟觉得有冷风吹来，这是盛夏中的天然空调。可惜风吹过一阵后就绝情地不再回头，我只好不情愿地穿着早已被汗水浸湿的T恤，继续往上爬。

台阶是石制的，高度均匀。想到也许有哪位不知名的仙人曾经沿着这条路磨炼修行，抑或是这条道路上发生过多少有趣到写出书会畅销、拍成电影会成为经典的故事，我的步伐变得轻盈，越往上走，便也越发凉爽。不知不觉地，脚底不再有台阶，身旁的树少了，面前突现出一片空地，一条拇指粗的绳子牢牢地系在旁边的树上，另一头则通向山下不为人知的地方。空地的边缘画着黄色的警戒线，迈到警戒线那边，对面的山顶和远处的鄱阳湖一览无余。往远处望去，苍穹似乎是黄、蓝两色之分，在下面的颜色发黄，是城市发酵的浊气，而此刻的我得以逃离这沉淀的污气，是多么值得庆幸。视野的尽头，天地之间的分界线分明就是圆弧形的，或许，古代隐居在山里的修行者早已明了“天圆地方”理论的破绽；他们不说，乃是对这尘世迂腐的最大蔑视。

在警戒线附近，石头是光秃秃的，稍有不慎便会坠入悬崖。偶然飘过一大片薄云，敷在脸上，是天然的面膜。原来刚才那一阵阵的冷风，是从这里经过，满载着山的灵性。角落里坐着一位采药人，他身前是一块凸起的石头，灵芝、蘑菇和木耳成堆地摆在上面，相貌如这位采药人一样可怜，低调地让人很难发现他们的存在。

他身着普通的长衣长裤，坐在距离我们7米左右的地方抽烟，带着一副与世无争的表情，似乎也没想把手里的东西卖出去；偶尔站起身来踱步，对探着身子往山下望的游客吼几句极不留情面的警告："这山哪是你们这么看的？""孩子，你不想跟你女朋友过日子了？"中枪的游客有些难堪地离开了此地，临走时显然还带着对这独特的美丽风景的眷恋。有的不甘心就这样被哄走，走过采药人的身旁时狠狠地瞪他一眼，采药人也同样瞪着对方，烟都不抽了，似乎比对方更认真的样子，直到感觉到对方服软才罢休。

正当我们开始对这个看上去有点奇怪的中年男子产生兴趣时，他突然站起身，朝悬崖边走去，一只脚踩在旁边微微隆起的石头上，另一只脚在后面掌握平衡，弯下腰去，顺势把另一位大个子的采药人拽了上来。我豁然开朗：那根拴在树上的绳子绝不普通，正牢牢地系着他们的生命！二人相视不语，大个子把身背的竹筐卸了下来，把药分类堆在石头上，里面有几根巨大的灵芝和一些不知名的药草，随后大个子独自一人坐在旁边休息起来。

我走过去跟大个子聊天："您整天下去采灵芝，太辛苦了。"大个子自顾自地低头掏烟，全然不把我当回事。

“您摆的这些药材，都怎么卖啊？”他们冒着生命危险采药，一定不会拒绝任何一个商机。但是我的判断错了，面前的这个大个子依旧没有回答我，甚至连眼睛都不抬一下，只是悠悠地把烟点燃，避开我的视线。

我蹲在他面前，一连问了好几个问题，都没有得到答案，身旁其他的游客也把目光集中到我们这边，气氛有些让人难堪。直到我想放弃，就要起身离开时，大个子弹了弹烟灰，突然站起身来，带着浓重的怨气道：“我们可不辛苦，快乐着呢。”他的声音比刚才那位采药人还要洪亮。说出这样的反话，也在我的意料之中，只是不知道这话题该如何接下去。Pietro见状也坐到我们的身边，干脆拿起一朵灵芝，讨起价来。

大个子反倒开始询问起我们的相机：“你们的相机多少钱？拿相机换就行。”他说话的腔调倒是和他的采药同伴一样，似乎是把所有人都当做敌人，嫉恶如仇那般。

“相机不能换，换了就没了，我们都是穷学生。”一个学生证能用4年，一张学生脸可以用10年。Pietro开起玩笑来，多少化解了几分尴尬。

刚采上来的灵芝是软的，摸上去有些潮湿，用手一按还可以按出坑来。刚才的那位采药人见我们认真地挑选灵芝，也凑到我们和大个子身边，给我们讲起这些新鲜灵芝与众不同的地方。他的头顶上有一块不大的疤痕，不知是不是采药的时候留下的伤。“这刚采出来的灵芝，可还没干啊！”说着他从菌盖上掰下来一小块肉，说：“你看，用手一掰就下来。”他递给我们尝。

“苦啊。”

“苦就对了，良药。”伤疤男子说：“你们在药店或其他地方看到的灵芝都是硬的，上边的粉末都没了，药性弱。”

“哦——”

“我看你们还是别买我的灵芝了，干脆去药店买去吧。”怪人有怪人的推销方式，方才还介绍得头头是道，转眼间就“不想卖”了。

“不行，今天非在你这儿买不可。”我们坚持要买，并不是中了他的小伎俩，而是为了能更多地与他们沟通，听听他们的生活故事，“您给便宜点呗，便宜点我就买一个。”

“你们穷学生，还是去药店买吧，药店可便宜了！三四十块钱的都有。”

在软磨硬泡的工夫里，我们了解到，他们也是一个有组织的团队，别看现在只有伤疤男和大个子在山上，山下可还有三四个人正在工作呢。他们靠那根拴在树上的粗绳走下悬崖200米处，再用其他的绳子把他们带到山腰间的四处，分头去采草药。有时候可以采到灵芝，有时候只能采到几斤不值钱的木耳。为了尽量避免后者的发生，他们只好每天凌晨4点钟起床，打着手电摸黑前行，也不时更换采药的地点。采出来之后自己出售一部分，其余的会有固定的采购商来收。

最终，这两个性格古怪的采药人还是决定把灵芝低价卖给我们。紧接着大个子突然转向我：“不过，我有一个条件。”

“什么条件？”

他表情严肃地看着我，神秘得叫人觉得有些忐忑。“把你的相机借我用用。”他两步走到我身边，看着我，身上的每一个毛孔都在竭力展示着自己不容被拒的脾气。我把相机给他的同时，顿时没了安全感。

他拿着相机摆弄了半天，一会儿在取景器里看看，一会儿又对着相机指指点点，好像很专业的样子。忽然他问：“怎么拍？”逗得旁边的游客大笑起来。稍作调整之后，他弯下腰，把眼睛对准取景器，大声喊：“大家都看我这儿！笑起来！一、二、三！茄子！”刚拍的照片呈现在液晶显示屏上，他看了又看，皱起眉头，一本正经地指着我说：“喂！你怎么没笑？重来！一、二、三！茄子！”

大个子说他也喜欢摄影，可惜买不起相机，只能这样拍几张过过瘾了。我也要求给他拍照，却被他严厉拒绝：“不行，采药人，不能拍！”

见我们要走，他又为我们介绍起游览庐山的线路，弯腰捡起一块石头在地上画起来：“你们千万别走回头路。前面是三叠泉，可好看了！去了之后你们就知道了，这里根本不算什么。”说罢还强调一句：“千万别绕回来！可别让我再看见你们！”

伤疤男子把灵芝装进袋子，接过钱，看都没看，就直接收起来。Pietro问他怎么不查查真假。他说：“假的我就认了！生活中真真假假的太多，哪儿查得过来！”

或许这正是采药人的生活哲学：不在意旁人的眼光，也不在乎世间的真伪，简简单单地生活，活出自己的本真。

读山，更要读人。

所以，我印象中的庐山，即使再具象化，也是另一座庐山。想要了解真正的庐山，就要去揣摩这山养育的寻常百姓的心思。

从五老峰回来，我和Pietro又跑到牯岭街的村庄里，趁天还没有全黑，爬上了一个房顶，没有什么目的，只想找一块空旷的平地，看到更远的风景。夜幕降临，头顶的银河绚丽多彩，在城里，已经十几年未看到如此多的星星了。我们在从城市中不断索取的同时，也失去了很多本该属于自己的东西，我们在社会中生存的同时，也逐渐磨平了自己的棱角与个性，这大概正是大自然的平衡吧。或许，我们应该给自己一个机会，找回自己的本真。

越南人所享受的小生活

16°0′N
108°1′E
46℃

奥黛女孩

去越南的时候，正赶上当地气温最高的季节。酒店前台的女生会说一口流利的汉语，她说我应该庆幸，越南最热的时候让我赶上了，这在中国肯定体会不到。她说她最近很喜欢说话，因为在我抵达越南的前一天，她刚刚拿到大学毕业证，现在可以成为这家酒店的正式员工了。

我问她为什么选择这家酒店工作。她说因为在这里，她每天都可以穿上漂亮的奥黛接待各国游客，把越南的美丽展现给大家。差点忘了介绍，她们酒店的工作服是越南奥黛，类似中国的旗袍，穿在女人身上很显身段。

“而且这家酒店还提供班车，我不用骑电动车上班。”她说话的时候总是很有礼貌。对于她以及她的家人，能拥有这份工作实属来之不易。

她是在酒店里跟我聊得最多的人，为我办理入住手续，带我打车，替我兑换越南盾，工作起来有百分之二百的劲头。她会对每一位从她身边经过的客人微笑，就像在雪山下为你捧上一碗温暖的咖啡。

“你们周日也上班吗？”周日的早上我从房间里出来，又看见了她。

“不是啊，我每周工作6天。去拿毕业证的时候请了一天假，今天补上。”

“怪不得感觉你每天都在，已经把这里当成家了吧，”我说，“你工作得太努力了。”

每天晚上6点就可以下班了，但是她至少要加班到晚上8点。有一天我从岘港市区回来，已经晚上9点多了，那时候的岘港小城，已经开始沉睡了。“一会儿有重要的中国客人要来，我要做翻译。”她兴奋地说，“体现我价值的时刻到了。”

她语气神秘，我以为是有领导人或者知名人士要来，便从房间里拿出相机，在酒店大厅找了个正对大门口的位置，准备在第一时间冲上去拍几张人像特写。她在柜台里拿着小本子准备着什么，看上去格外从容。几分钟后，看到两边的工作人员都簇拥到了门前，她也快走几步跟了上去，眼前安静地让人屏住呼吸。转眼间，大堂里开始喧闹起来，原来她所谓的“重要的中国客人”，是一个来自广东的旅游团，20多人让整个酒店炸了锅，她在一旁无可奈何地站着。后来她告诉我：“其实，我都听不懂广东话的，感觉自己很失败，原来学了汉语还是不能很好地接待中国游客。不过我也不是很难过啦，至少我还是可以跟导游交流的，最后还是帮他们解决了所有的问题。”看着她的眼睛听她说话，很容易被她的真诚打动。

我想为她拍一张照片，她非要拽上她的上司一起合影。“这是我最佩服的人。”她说她可能会像她的上司一样，在这个行业干上十几年。

“这个行业在越南，算好的吗？”我问。

“当然没有给政府工作好了，可能也没有科技类公司和私人诊所好。不过，我喜欢的就是最好的。”她坚定地说。

同一天在酒店，我看到挚友给我发的微信，他发牢骚说：“今天办了一件特别幼稚的事情，跟单位领导玩实况，又把领导给赢了，走的时候领导都蔫儿了，觉得自己特别的幼稚，太不成熟了。”

我也想起我自己，在来越南的前几天，刚刚向单位递交了辞呈，尽管那家单位看起来可以让人有份还算体面的生活。有朋友问我：“你真的是每天被梦想叫醒的人吗？”我回答：“我其实是每天被梦想搞到失眠的人。”

我似乎已经知道，为什么我们总是一副看上去很辛苦的样子了。

会安古城里的两顿饭

奥黛女孩拦了一辆车给我，酒店专门有这种叫车服务。越南的出租车不去四周转悠，而是在大商场或大酒店附近趴活儿，因为除了外来游客和商务贵宾，几乎没人打车。司机不懂汉语和英语，她把我要去的地方告诉司机，司机点点头，踩下油门。

说实话，从酒店到会安的距离挺长，而且实在没有什么风景可看。汽车里没有空调，热浪一股一股地从颠簸的汽车车窗外灌进来。司机见我是中国人，特地打开CD机，播放起老式的中文歌曲，边哼哼着歌中的曲调，边从反光镜里冲我乐，除此以外，他一直沉默寡言。

我在会安古镇的日本桥附近下车，挑着扁担的妇女立刻聚拢过来。她们会说中文，但仅限于“买这个吧，这个便宜”，“3000盾”，“5000盾”。对于我的拒绝，她们似乎永远也听不懂，不论我说什么，都死缠烂打地跟着我。为了躲开她们，我在这座陌生的小城里连续拐了好几个弯，走到一处幽静的小道上。

又是一个酷热的中午，可能只有我这种疯子才会在这个时候出现在会安的大街上吧。又转了个弯，高大的三角梅连成墙，成了天然的避暑长廊。我随便找了一家装修得足够越式的饭店，想体验一下大多数游客在会安古镇里吃饭的感觉。

这家店的门脸不大不小，看上去还算精致，但是迈进门槛后我便有些后悔，原来，外墙刷成黄色，门口挂着牌匾和灯笼，里面却是一家西餐馆。这座城，与国内的丽江、锦里、南锣鼓巷相似，早已被时代贴上了国际化的标签，只不过会安是黄色、蓝色和绿色的——黄色是建筑，蓝色是天，绿色是树叶和古老的秋盆河。

西餐厅里的光线很暗，且没有空调，只有几片金属叶子吊在屋顶上慢悠悠地旋转。这受制于越南本地的条件，倒也算有些特色。在我四周坐着的，都是外国人，大家面面相觑，不知道该说些什么。菜单没有中文，也没有图案，是想尽力装扮成正宗西餐厅的样子，只可惜徒有其表。

每座城市都有它生活的节奏，有呼吸和心跳，有流动的血脉，每座城市都是鲜活的。再商业化的古镇，也拥有一群真正属于自己的寻常人家，他们不富有，但是他们才是这座城市的主人，他们的生活，以及被他们依恋着的城市的朝夕，才是这座城市的标志。

在每一座陌生的城市里，找到与之相符的节奏，才是最令人感到快乐的。日落时分，十字路口绿灯亮起后四散的摩托车永远是越南的标志，从河内到胡志明市。会安也不例外。墙根处一个年龄不大的孩子哭哭啼啼，旁边的女人冲着他大声叫喊，大概是责怪他擅自过马路。马路边上有人把两个大箱子摆在地上，掀开盖子就成了一个摊位，趁晚高峰卖些简单的自制食品。看上去今天生意很不错，夕阳正好照在女摊主微笑的脸上，幸福得很。

我穿过一个生活区，自东向西行走。右手边是成排的小洋楼，左手边与之相仿，只是像洋楼的另一面。每家每户都经营着自己的店铺。

我在其中一家店铺前坐下来，这家的凉棚下，有3张小桌子，每张桌子旁边有两个板凳，我只买一瓶水，老板娘却招呼我坐下来休息。她先给我拿来一个杯子，之后说了一串越南话，应该是叫我等她。半分钟后她从屋子里出来，用筷子夹了一大块冰，小心翼翼地放在我面前的杯子里。我明白了她的意思，咧嘴一笑："噶木恩。"这是我学会的唯一一句越南话，是"谢谢”的意思，可能是因为发音不标准，逗得她捂起嘴笑出声来。

我在会安见到的越南女孩走起路来都轻轻的，说话也一样。喝水的工夫，有两个女学生推着自行车过来，她们应该是这里的老顾客，与老板娘交流了一两句，就在我旁边的桌子旁坐了下来。听不到她们谈话的声音，好像已经柔弱到被掩盖在摩托车的发动机下。

老板娘戴上一次性的塑料手套，开始忙活起来：黄瓜丝、鹌鹑蛋外加一些看上去像凉粉一样的东西，一起放入一个大塑料盆内，之后又再往里面放些油盐味精和特色香料，伸手搅拌，几分钟后就盛在盘子里，端上了桌。

我走过去对老板娘说，也给我做一份这个吧。连比划带猜，最终她明白了我的意思，竟夸张得笑出了眼泪。

说实话，我并非十分喜欢这东西的味道，不知道里面放了哪种顽皮的香料，味道呛鼻。这反倒让我备感欣悦，也许这才是他们生活的一部分。与那些只有外国人才消费得起的西餐厅相比，这种平常人家常吃的主食才是会安味道。

我边走边感叹，会安的规划者是聪明的，他们没让整座古城变成一个各国游客短期聚集、分散的流动都市。有时候相比浓妆艳抹，不染铅华才是我们所要追求的。一次旅行好比一次相亲，有哪一个旅行者不想看看那个陌生城市卸妆后的样子呢?

简单的快乐

39°47′N
75°98′E
24℃

我已经不认识那个时候的自己了

第一次与维吾尔族同胞聊天，气氛非常尴尬。那是我大学毕业不久的一次旅行。我搭乘一辆去往新疆的火车从西安向西行，坐在我身边的是一对年轻的维吾尔族夫妇，他们带着刚出生不久的孩子回老家去。火车往往会给邻座之间自然而然攀谈的机会，在简单地聊了几句之后，我好奇地问："您是维族的吧？"却没料到被对方严肃地更正说："我是维吾尔族的。"本来轻松的气氛一下子变得紧张起来，我"哦"了一声，感到抱歉地翻开书，把自己藏进书里。从那时候开始，我知道维吾尔族同胞或许并不喜欢人们对他们的民族使用简称。

那次的经历过去几年后，我终于有机会踏上新疆，看一看这片土地上的民族与众不同的地方。

起初，家人和朋友们都比较反对我去南疆。"乌鲁木齐还好，喀什就不要去了。"母亲关切地说。在我决定去喀什前不久，新闻报道那边刚刚发生了突发事件。

"既然已经决定了，就不要再变了，不然以后懒惰了，会为自己多找一个借口。"我沉思了一会儿说，"放心吧，不会有什么问题的。"

母亲知道我的性格，没有继续劝我改变计划，而是默默地为我祷告。

新疆时间比北京晚两个小时，北京天黑的时候，新疆还一片大亮，喀什更甚，那里的苍穹几乎是祖国最后暗去的地区了。我们的行程是先从喀什途经卡拉库里湖和塔什库尔干，去到帕米尔高原的红其拉甫，然后再回到喀什，继续我们在喀什的行程。

说实话，相比安全问题，我最担心的是高原反应，因为我并没有提前做好预防措施，没有带氧气，红景天也没有吃。我在喀什找了几家药店，它们只出售空的氧气袋，氧气则要去医院才能开；红景天倒是可以买到，但如果不提前一周服用的话，效果不明显。我们请了一位经验丰富的喀什人做向导以防万一。他说今年喀什的游客比往年少了不少。

从喀什到红其拉甫，走走停停的话，开车得要一天时间。路过了白沙山和布伦口水库，再走不远，就是卡拉库里湖。运气好的话，远处的慕士塔格峰倒映在蓝宝石一样的湖面上，完全一幅人间仙境的景象。

通往红其拉甫的道路上风景气势磅礴，云彩遮蔽了阳光，在眼前的山峦上投射出阴影，像电脑模拟出的3D效果。汽车连续开了几个小时，开始小范围堵车，司机招呼我们下车接受边境检查。荷枪实弹的武警在岗楼上执勤，不大的哨岗后面，更加庄严肃立的是巍峨的雪山。马路两旁的小卖铺和厕所在这里竟然也自成一景，成了很多游客争相合影的对象。

从塔什库尔干过去，公路笔直地通向深处，尽头似乎是高傲的雪山。一直开下去，尚未到山脚下，公路又变得弯曲起来。这样的路，要么是笔直地走十几公里，要么是十几公里的盘山路，路况单一，加之海拔逐渐提升给人带来缺氧的感觉，在这种路面上行驶，司机的注意力不容易集中。一路上我们碰到很多出事故的车辆，场景不堪入目。难怪这个世界上海拔最高的口岸又被人称作“死亡山谷”！

不知为何，在抵达红其拉甫的时候，我并没有高反症状，反而兴奋异常，对着距离自己几百米外的巴基斯坦大声呼喊，好像非要那声呼喊替我行走完这无法继续的行程，远行、登山、潜水、飞翔。我的声音四散出去，久久地在山谷中回荡。

在海拔5000多米的山里，除了三心二意的风，不说话的时候你什么也听不到。风若停，世界就像被谁按下了静音键，安静到你听到从自己口中说出的话也会觉得毛骨悚然。

我觉得自己已经不太认识那个时候的自己了。

我怎么可能收钱呢？

身穿白色衬衫的青年从裤兜里掏出钱包，抬头的瞬间帅气地甩了一下挡住眼睛的微卷的褐色长发，用手指给我们看，意思是问可不可以花钱买我们的照片。我们连忙摆手道：“我们送给你，不要钱的，我们不收钱。”

白衬衫青年叫阿赫买提，这是他一笔一画给我们写下来的。刚见他的时候，我正怯生生地从喀什老城里的一间敞开大门的老房子里走进来。本来只想站在院子里看看，却见楼上的人似乎在冲我们打招呼，于是我们顺着异常狭窄且没有扶手的台阶走上去。内心有些忐忑，但更多的是对未知且即将发生的事情感到兴奋。

我们见到了热情的维吾尔族人，小孩子们先迎上来，然后是女人们，他们开心地把我们围在中间，口中念念有词。孩子们对我们产生了好奇，睁着大眼睛抬头看着我们这群奇怪的人。也许，他们从来没见过像我们这身装扮的人。我们原本希望了解一下他们最需要得到哪些帮助，但由于语言不通，变成了希望寻找一位会说汉语的朋友。坐在一旁抽烟的男人突然把烟头摔在地上踩灭，给我们抱来他心爱的斗鸡，举到我们眼前。我们向后躲了两步，坐在一旁打扑克的4个年轻人笑了，刚才提到的那位白衬衫青年正在其中。

白衬衫青年走过来，把那人手中的公鸡抱走，冲他礼貌地说了句话，然后用汉语对我们说："不要紧，他没有恶意，而是见到你们很高兴。"他大概20岁的样子，在这个大家庭中汉语说得最好，长相俊朗，人也显得格外绅士。看得出来，刚才那人是他的长辈，比较受人尊重。

维吾尔族人的热情，直到我真正来到这里才深切地体会出来。整个家庭的人全从屋子里跑出来，看着我们这群远道而来的客人。明知语言不通，但每个人都想尽力让我们明白他们想要表达的意思。这其中，孩子们最为主动。

正在与阿赫买提交谈的时候，我感觉到身后的衣角被人拽动，回过头一看，两个八九岁的小女孩正指着我手里的相机。我明白了她们的意思，顺势把相机端起来，在按下快门之前与阿赫买提相视一笑。

我惊讶于她们开朗的性格和快速的反应，很快，我给其中一个女孩拍了五六张不同pose的照片，而她依旧毫不满足的样子，一会儿跑到柱子旁边，倚靠在柱子上，摆出明星一样的造型，一会儿又抱起那只无奈的大公鸡，挤出各种花样的表情来。如此的举动，惹得身边的另一个女孩很不开心，她开始有些沮丧，之后故意在我拍摄的时候挡住镜头，最后干脆一巴掌狠狠地打在另一个女孩的胳膊上。我担心她们会因此扭打起来，好在这时候被打的女孩竟然没有半点愤怒，反而因为我最先给她拍摄了照片，如愿以偿地走开了。我自然不会偏袒谁，又给那个难过的女孩补拍了许多张，直到她满意为止。

女人们在房间里跳起舞来，阿赫买提招呼我们过去看。我们过去之后，他自己却跑到另一个房间，不参与我们的拍摄。房间里只有翩翩起舞的女人和3个幼童，其他人都在外面，只顾痴笑，任凭我们怎么呼唤他们也不过来，可能是嫌屋子太挤，抑或是这舞蹈对他们来说早已习以为常了吧。我的思绪开始有些飘渺，这节奏感极强的音乐和舞动的裙摆，一下把我带到另一个世界，可能是一场欢快的电影，一本书或是一幅画里，总之，眼前的花地毯、红色床铺、木桌、电风扇、吊灯、有些逆光的屋子，女人们闪动的影子，还有她们按节奏打出的响指以及她们的笑容，都让我觉得不那么真实。

老人也从房间里出来，想看看究竟是谁把气氛搞得如此欢快。阿赫买提跟老人说明了我们的来意，老人很是高兴，也把自己的老伴儿从屋里叫了出来。

9月份晚上7点多钟的喀什，阳光正好西下，光线正好。老房子的屋檐下，一群互相听不懂彼此语言的人们热情地交流着。我不知道大家为什么这么开心，也不知道自己为什么如此快乐，可能是眼神里的信任和尊重，让彼此在这恰到好处的光线下感到温暖。我们中有带了“拍立得”的朋友，她热情地招呼着大家来拍照，拍下照片直接送给对方。小孩子们争抢着，大人也丝毫不让着他们，谁力气大谁占优势，欢笑声始终不断。

我们给老人、孩子和女人们都拍了照片，奇怪的是，阿赫买提和与他打扑克的兄弟们从未主动要求拍照，他们应该也希望得到一张属于自己的照片吧？说实话，任何人都会喜欢上那个“白衬衫”帅气的面容上明亮的双眸和无邪的笑容，他的气质与旁人不同，站在人群里一眼就可以辨认出来。当我们叫阿赫买提的时候，他从裤兜里掏出已经有些破旧的钱包，问给我们多少钱合适。我们说不要钱。他先是一愣，然后会心地笑了。因为，这个世界上总是有人希望通过一点点的付出，来换取珍贵的快乐，并不是这些人有多高尚，他们只是为了自己心中的小算盘，让别人因为自己而快乐，自己也就无比幸福了，这是钱买不来的。

“来来来，还剩下最后一张相纸了，给你们拍一张全家福吧？”朋友四处张罗着。确实，我们认为应该给所有人拍一张集体照，让每个人在若干年后都可以回想起这个有意思的时刻。然而，让我们感到意外的是，阿赫买提率先拒绝了我们的邀请。

“不了，你们给她们拍，我不拍。”他依旧微笑着说，猜不出是什么原因。

我问他：“怎么不拍？大家都拍了，就你没有拍照了。”

“我要和我的兄弟拍。”他把他身边的一个男孩拉过来，个头与他相仿，同样眼神明亮。在此之前，这个兄弟一直坐在角落里，一言不发。

我们商量，把这最后一张相纸留给兄弟俩。

按下快门的同时，闪光灯亮了，所有的人都围拢上来。与之前不一样的是，这次相纸没有像之前几次那样，被机器吐出来……

我一直觉得自己欠阿赫买提一个拥抱，因为在那个时候，好像非要拥抱一下才可以融化当时的尴尬。

只可惜，我们离他们太远了。

好在大多数时候，我们之间的沟通是突破了语言障碍的，一种眼神或是一个手势，都可以理解彼此所要表达的意思。我们真实地感受到他们的快乐，这个家庭在物质上并不富裕，但是他们生活得比我们快乐。我们本来想给予他们帮助，结果好像反倒被他们帮助了一样。

“没关系，不拍了。”阿赫买提笑着说：“热合买提，热合买提！”（维吾尔语“谢谢”的意思）。”眯成月牙形的双眼闪烁在两朵浓郁的眉毛下面。

不想旅行的孩子

50°8′N
121°5′E
-25℃

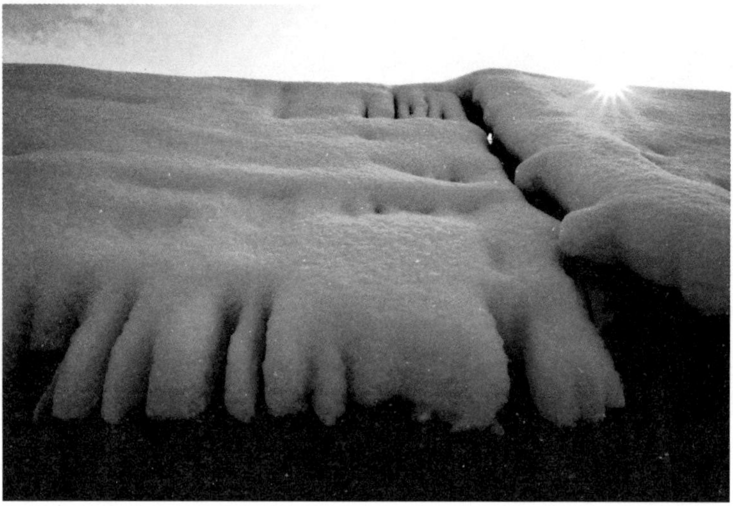

敖鲁古雅乡的雪

曾有东北朋友对我说："你去了根河一定要去'那边'看看，不然会后悔的。"可到了这里，我竟有些许失望。与我们想象的繁华景象不同，这里更像是一个孤寂的民俗村，独处一隅，无论是屋檐下悬挂着的半米长的冰锥，还是漫长的夕阳，不管是偶然闯入镜头的胖奶牛，还是这厚厚的雪地里掩埋着的一草一木。

雪厚齐膝。这里雪花的形状都异常清晰，大多是六角形，因为这里极端的低温，雪花落在地面不会马上融化，它们叠落在一起，彼此之间的空隙非常大，所以这里的雪才比其他地方的厚很多，也松软得多。

这里就是东北朋友口中所指的"那边"——敖鲁古雅乡，一个原本生活在满归以北敖鲁古雅河畔、以狩猎为生的鄂温克猎民居住区。传说，鄂温克猎民的祖先居住在外贝加尔湖和贝加尔湖沿岸地区，到了解放后才逐渐迁回满归地区。2003年，为改善猎民的生存和生活条件，中央政府和地方政府在根河兴建了敖乡新村，这标志着中国最后一个狩猎部落从此走出了山林。

家是迁过来了，还建造了木式的别墅，也不需要居住在这里的人交一分钱，如此的待遇，人们应该是高兴得不得了。然而，习惯了森林生活的鄂温克人到了这里，也许是有些"水土不服"，让他们改变原本的生活方式，需要很长一段时间适应。更别说这"搬迁"的字眼里还有很多外人不得而知的故事。

我们联系到乡政府妇联的何迎春女士。何女士的家非常温暖，屋里还有一个患有先天智障的女孩。从房子的位置和装修可以看出，他们家的条件算好的。不大的客厅就是她出售民族手工制品的小店，楼上用来接待客人。我们问她为什么这里感觉冷冷清清的，没有发现驯鹿和狍子。她告诉我们，夏天的敖乡游客才比较多，现在驯鹿和狍子已经被带回满归了，就是前不久的事。

她开始介绍起令她引以为傲的手工制品来。她最喜欢说的是“你们看这个，这个是最古老的壶，现在还能用，外面这层是用鹿皮做的”，之后又把话锋一转，说道:“这个不卖。”说罢，她又把一个盾牌似的东西拿在手上：“这个是打猎用的，很有历史了。”她想竭尽全力为我们展示这个东西的使用方法，又说：“这个东西，女人不能碰，只是现在不打猎了才可以——说是女人晦气。”她不停地介绍着自家的宝贝，又不断地告诉我们，那些东西不是用来出售的。似乎每说一遍，就让她回顾一遍民族的历史。她对鄂温克的感情，恐怕常人很难理解。

冬天的根河天黑得早，下午4点多，太阳就已经西斜得厉害了。何女士告诉我，敖乡有很多人生活得比较困难，有的房子位置不好，很难靠旅游业维持生计。她心知我们是来寻找需要帮助的孩子的，于是帮我们拨通了一个电话。

我不想去北京

何女士在和电话那头说话的时候，我正在外面调试已经冻僵的摄影设备。三脚架已经冻上了，每一个“关节”都不大好使，戴着手套抓住三脚架的金属部分，会把手套上的绒毛粘连下来。我们前不久在附近的图里河做过一个实验，把矿泉水往三脚架上倒，水甚至不会落到地面，顺着三脚架往下滑的途中就已经凝固了。路过的老乡冲着我们乐：“哎哟，等雪化，还得有些日子呢！”

“到屋里来吧，他们5分钟后就过来。”何女士口中的“他们”，是生活在敖乡的一对母子，孩子的母亲是汉族人，嫁给了鄂温克族人，孩子的父亲酗酒，耍起酒疯来会无缘无故地在家里摔东西，家庭暴力更是家常便饭。我们来的这天，孩子的母亲因为无故挨打，带着孩子跑到根河市区躲了一天，临近太阳落山才刚刚回来。何女士希望介绍他们给我们认识，通过“80公升”这个公益组织，寻求社会对他们母子提供帮助。

母子俩见到我们很高兴，并没有作太多的自我介绍，我们却意外地得到了这对母子的信任。孩子姓古，名叫迪林，应该是鄂温克族名字。我注意到，孩子大概也就是八九岁的样子，非常懂事，一直在母亲身边，不吵不闹。我们的谈话以我们问问题他们回答为主。从交流中我们得知女子的丈夫是烧锅炉的，每月收入只有900元，敖乡给予他们低保补助，按月发放，而小迪林每个月光上下学的交通费就要花300元钱，剩下的费用要支撑一家三口的生活，比较困难。

我们依据小学时留在各自心中的回忆，问小迪林："你在班里的排名是多少？"小男孩想了想说："我们老师不排名，都是按ABC打分。"母亲补充道："这孩子挺聪明的，各科都是A。"说这话的时候可以看出她脸上闪耀着自豪。

何迎春从屋外进来，端来几杯水，门外悚然钻进一阵冷风，霎时间穿透毛衫，冻得人瑟瑟发抖。母子俩笑起来："你们是从南方来的吧？"我说："嗯，北京的。""北京那也是北方，不过相比这里来说也是南方。"古迪林看着母亲，那双明亮的眸子忽闪出他心理的变化。我们发现这一微妙的变化，问他："你去过北京吗？"男孩摇摇头，他看起来似乎比同龄的孩子沉稳许多，回答我们的问题时总要思考一段时间。"那你想去北京吗？""不想。"唯独这个回答得很干脆，完全出乎我们的预料。"为什么？"他想了想说："不放心我妈。"空气似乎被凝固了几秒钟，只有母亲无声的笑容写在脸上。有时候迪林说话的样子很像一个大人，甚至让我们都自愧不如。

鄂温克人爱喝酒，小男孩的父亲就是典型的鄂温克人。说到这里，小迪林突然说："我绝对不喝酒。"惹得母亲和何女士扑哧笑出声来。

我转移话题，问小迪林："你平时有什么爱好？""画画。"经过了解，我们才知道年轻的母亲还曾经为小迪林报了一个美术班，每月160块钱。聪明的小家伙在这方面比较有天赋，只是家里实在负担不起。母亲说："夏天的时候我还可以自己骑车接送他去学习，冬天就只能花钱打车去了，费用太高。"她说完使劲咬了咬牙，强忍着不让泪水流下来，"怕给家里添负担，这孩子主动提出不学了。"

我们看看窗外的天，颜色黑得更加深幽。对于鄂温克人嗜酒的典故，我了解得不多，古迪林母子将来的命运如何，我也不得而知，但大概知道了一个八九岁的小男孩异常成熟的必然因素。

我们收拾好器材，正准备推门离开的时候，我随口问孩子："你最远去过哪儿？"

"根河——不对，"古迪林看着我说："是满归，我回过老家。"

"老家"这个词像钟声那般猛地在我脑袋里狠狠地撞了一下。或许要深入研究一个民族的集体搬迁，才可以破解更多的谜团吧。我忽然想起那个过路老乡说的话："等雪化，还得有些日子呢！"

不该存在的刻板偏见

25°1′N
55°2′E
55℃

挑战极限，酷暑迪拜

6月下旬我在越南，面对45℃的高温，在中间有个炒菜的大火炉且没有电的餐厅吃饭的时候，我暗暗发誓以后一定不要来这么热的地方了。然而，1个月以后，我食言了。

当我走出迪拜国际机场的那一刻，一股猛烈的热浪袭来，那是我从没有感受过的温度，像跳进了火炉。盛夏，如果说北京的高温是从午饭后开始的，越南的高温是从上午8点以后开始的，那么迪拜的高温则是从黎明破晓那一刻就已经开始了。同行的中国游客不断抱怨：真是一秒钟都不想多待，宁愿一个猛子扎到Dubai Mall里，疯狂购物三天三夜……

由于属热带沙漠气候，迪拜的热是世界著名的，室内外的温差超过25℃。这里与冬天的北方城市正好相反，室外温度比室内要高很多，所以从室内走到室外，相机镜头上就会蒙上一层雾气。白天的迪拜大街上很难觅到人影，大家都躲在室内避暑。阳光从高楼大厦中穿透过来，让人眩晕，好在这里的设施相对完善：路边有室内的公交车站，游客不但可以舒适地坐着等车，更可以享受空调带来的凉爽；城市里有便捷的轻轨，相比北京、上海等城市公共交通的人满为患，这里因为大多居民都有车，且油价便宜，所以乘坐公交的人并不多；街道之间有同样配备空调的过街天桥，似乎告诉我们，这里的每一个人造场所，都可以让游客躲避烈日的烘烤。

最让我感到欣喜的是，在林林总总的商场和酒店门口都有一些“趴活儿”的出租车司机。而在这个奢侈品云集的国家里，打车其实并不奢侈，不到3块钱人民币的油价，让出租车成了外来游客的抢手货。

在迪拜当出租车司机的大多是印度和巴基斯坦人，他们在这里打工赚钱，虽远不及当地人的薪资，但因为收入总体比本国高4～5倍，所以越来越多的印巴人挤进迪拜。听朋友们说，这里的巴基斯坦人对中国人很友好，见到中国游客会很开心地称兄道弟，因为我们是他们的“中国朋友”；而印度人则一贯对中国人不大友善，特别是出租车司机，经常会绕道绕出很远的距离。

刻板印象

我这趟迪拜之旅似乎去得有些不是时候，除了天热，还正逢当地的斋月，穆斯林每天白天是不能进食的，甚至连水也不能喝，只能在太阳下山之后才可以用餐。更让人意想不到的是，在斋月期间，白天营业的餐厅是会触犯法律的，而游客也同样要尊重当地人的习俗，在公共场合也不可以进食、喝水。

当地人在斋月期间每天只工作4个小时，下午就可以下班回家了。迪拜8月份的太阳，不出半小时便会让人口渴难耐，这入乡随俗的门槛对于游客来说，着实有点高了。

为了少走不必要的弯路，我需要对迪拜的城市街道有所了解，但不巧的是我在迪拜住的是没有Wi-Fi的酒店。询问前台，告知无线网需要另付费用，且价格不菲。无奈之下我只好向她要了一张迪拜市区图，在酒店里画好详细的出行线路。

你一定遇到过类似的事情，那就是先后在一两位带有同一特性的不同人面前吃亏，就会对具有这一特性的人群产生厌恶感。很多时候，在有限经验的基础上形成的刻板印象往往具有消极的性质，会使人对某些群体成员产生偏见甚至歧视。

我并没有去过印度，但是听说过一些中国游客在印度被骗的经历，于是对印度人产生了刻板印象。尽管这种刻板印象或者说是刻板偏见，对大部分的印度人来说并不公平，但我还是不希望在迪拜乘坐印度人开的出租车，更何况在此之前也已经有朋友提醒我，要当心印度司机。

太阳刚出，天已大亮，沙漠中的迪拜没有高山的阻挡，光线直接投射给了整座城市。我背着相机，向停靠在酒店斜对面的一辆出租车招手。司机似乎正趴在方向盘上休息，见我出来，慵懒地朝我点了下头，缓缓地把车开了过来。

车在我的面前“吱”的一声停下，里面的人手握着方向盘，低头透过车窗瞟我一眼，然后咧开嘴笑，露出一口黄牙。

“你好！”我开门上车，用英语向他问好。眼前的这个人体态有些臃肿，可能是不方便扭头过来，只好对着后视镜中的我回了个礼，接着问我要去的地方。

我连忙把手里早已画好的路线图给他："我要去这里，'Gold souk'。谢谢。"前一天有同行的中国旅客乘坐巴基斯坦司机的车到那里，花了30迪拉姆，所以对于价格，我心里也多少有点数。

"OK！"他迅速扫了一眼我给他指的地图，然后并不太灵巧地开动汽车，速度特意放得很慢，让我感觉有些不适应。

我浏览着迪拜街头小巷中奢华的铺陈，从海边密密麻麻的摩天大楼旁穿过，那一幢幢前卫的建筑叫人不由得心生赞叹。我贴在车窗的玻璃上向上望去，希望看到摩天大楼的全貌，忽然，一缕强光打在眼上，瞬时间竟刺得我什么也无法看清了。车子继续往前开，不急不慌，任凭身边的车辆把我们超过。迪拜街头的豪车并没有我想象的多，反倒是越野车的数量很多。不论是哪国人，只要是在这里谋生的，总不会拒绝性价比高的越野车，其马力又大，又能拉货。这里的人不担心费油。在众多的日本车中，也不难找到一些中国的品牌。这些品牌的忠实者大多来自第三世界国家，要知道印度、巴基斯坦、菲律宾等东南亚和南亚国家的外来人口占到了整个迪拜人口的80%。

"你是哪里人？"司机昏昏欲睡的样子，嘴里嘟囔着拗口的英语打破沉寂。车里的空调也并不凉爽。车窗紧闭，隔音效果很强，把车里和车外分割成两个世界，我所在的是一个安静且有些尴尬的世界。

声音在耳边环绕了几圈，我终于回答：“中国。”

“啊！不错。”于是他列举了一堆城市名——北京、上海、广州、深圳、重庆……让我做选择题。

“北京，我从北京来。”我透过后视镜看他，他正咧嘴笑着，深不可测。“你是哪里人呢？”我试探性地问，心里极不愿意接受“印度”那个答案。

“我啊，一个小城市。”胖司机嘟着嘴，说了一个单词，那是他老家的地名。

“对不起，可以再说一遍吗？”

“哈哈，你从没听说过吧？”他有些得意地说，似乎在炫耀他知道那么多中国城市，而我却没有听说过他的家乡。隔了几秒钟，他收敛了笑容，说：“在印度。”

我下意识地看了一眼所在的街道，之后迅速地对照了一下地图。路线没错，但真是怕什么就来什么。我正在心里琢磨着，他又开口问：“这里热吧？”

“很热。”我尽量简单地回答。窗外的风景已经由前卫的高层建筑变成了有些老旧的低层建筑，刺眼的阳光和灼热的温度让对话变得断断续续。一个转弯后，眼前多了一片单调的米黄色老城区。

“北京热吗？”他继续问。

“也很热，不过一般都不会超过40℃。”我认真地回答，却也注视着窗外的风景，并时不时留意一下计价器跳跃着的数字。

“这边足有50多度！哈哈。”他神情甚至有些骄傲地说，“我们可不怕热。”

胖司机的嘴里依旧不停地碎碎念，音调单一地直让人犯困。汽车在老城区内左扭右扭，从地图上看，我就在Gold souk附近了，但由于街道太小，地图上并没有显示。

“我们到了，”印度人说，“我特意找了一条近路，没人知道这条路，全世界只有我一个人知道。”一口气说完这句话，他咧嘴一笑，喘着粗气。

我看了看窗外的大街，跟以前在网上查到的图片一样。计价器显示的价格竟然真的比其他乘客遇到的司机便宜了不少。

我这才觉得是错怪他了，回想起来，车开在路上时，胖司机偶尔嘟囔几句英语，有一搭没一搭地跟我说话：他只身一人来到迪拜，在这里有一些印度朋友，但没有一个亲人；他每个月把赚来的大部分薪水都寄回老家，自己只留少部分，交并不算贵的房租和维持生计；他跟其他5位印度老乡住在离迪拜不远的沙迦……

他胖到脖子都埋进了肩膀里，我付钱给他，眼看着他很困难地从兜里翻出一把零钱找给我。

“你是个好人。”

“谢谢，”胖司机抿嘴一笑，然后换了个舒服的姿势，手握方向盘，认真地说，“我只不过是为了生活。”

台铁邂逅

24°0′N
121°6′E
38℃

客

台湾东部的大海情节

旅行，有时候不宜走得太快。速度越快，近处的风景越模糊不清，让那些本该与自己产生故事的事物，犹如白驹过隙，化作时光的剪影，从身边流逝。

我跟很多朋友说过，台湾是我去过的最便捷最人性化的地方，假如你是一个毫无经验的驴友，想从最简单的地区开始独自旅行，除了你已经熟悉的地方，那么，我一定推荐台湾。那里有廉价美味的夜市小吃，也有充满小清新情调的山间小路，那里有古老的文化历史遗迹，也有现代化的繁华商业区，那里有大海有群山，也有田园和牧场。而对一个喜欢旅行的驴友来说，永远不能忽略的是那里除了每小时300公里的高铁之外，相对缓慢温和的台铁。

抵达台湾的第二天，是5月的第一天。我按照自己预先订好的计划，从台北出发，乘坐自强号台铁到花莲，再转乘莒光号列车去位于富里的六十石山。

台湾电视台的新闻曝出台北、花莲在这一天的最高气温已经突破38℃，实在叫人措手不及。也难怪我身穿的长袖风衣无论是穿着还是脱下，都让我叫苦不迭，更别说后背还贴着一个重达30斤的摄影包。

我按照在大陆的习惯，提前40分钟左右进站。台湾的交通并无安检一说，从买票到检票也很少有排队的情况，加之列车几乎不会晚点，所以其实提前5分钟进站就已经绰绰有余了。

浪漫地想一想，台湾东部未建高铁的缘故，或许就是希望乘客在这浩瀚的大海面前，多花一点时间感受一下生命的壮丽。是的，每一个渴望去台东旅行的朋友一定都或多或少有些大海情结，台湾的东海岸，绝对是最值得抒情的那一个。

从自强号台铁向窗外望去，波浪是一道道白线，隔着翠绿的稻田和乡间小道，有节奏地扭动着自己的身躯。阳光恰如其分地洒在大海上面，波光粼粼。此时传进耳朵里的，就只有火车默默行走的声音，一切安静至极。窗外的画面，像是没有背景音乐的电子相册或是经典的无声电影，不断地变换着大海主题的画面。时而只隔着海滩，似乎这湛蓝的大海触手可及；时而从中间生出一条公路，那奔驰的轿车都争先恐后地超过我乘坐的列车；时而路过村庄和集市，远离大海，正当人趴在窗边心生怜惜之时，壮阔的大海就又出现在眼前了。

这海，远比人淡定得多。它始终如一，素面朝天，将最真实朴素的品格，毫无保留地展现给每一个人，你怀揣着怎样的心境看海，就会从中取得怎样的收获。

半块牛轧糖

我坐在莒光号台铁上，嘴里含着半块牛轧糖，任凭窗外的风景不断地变换，心情始终出奇的好。这糖跟我以前吃过的有所不同，融化的速度很慢，将甜润久久地留于口中。给我糖的人，正是坐在我旁边的一位古稀老人。

抵达花莲后，去六十石山可以乘坐长途巴士，也可以换乘速度更慢的莒光号列车。

为了继续感受台铁的魅力，我购买了开往富里的火车票，那是距离六十石山最近的火车站。我在网上查过，富里是一个小站，而且平时只有夏、秋两季金针花开的时候游客较多，5月初的富里，可能比较冷清。

我的位置靠窗，坐到我身边的是一位年近七旬的老者，我见他手里拎着两个大皮箱子，于是主动帮他把箱子举到头顶上的行李架。

“谢谢你，”老人虽然衣着朴素，但举手投足显得彬彬有礼。见我转过身来，他又夸张地瞪着眼睛惊喜似地看着我说：“哟！帅哥哈！”

尽管才是来到台湾的第二天，我却被当地人夸过无数次，刚开始或多或少有些不好意思，后来才发觉，这可能是台湾人拉近人与人之间距离的习惯用语。也许擅长赞美别人，正是大多数台湾人与大陆人的区别吧。

老人的用词很潮，搭配着和蔼可亲的笑容，一下子消除了我内心对于年龄差距的隔阂，两个人畅快地聊了起来。在得知我独自一人从北京来到台湾之后，他冲我伸出大拇指说："只有你一个人吗？好厉害！"说罢他竟然又半信半疑地问道："在台湾这边也没有亲戚吗？"

"是啊，没有亲戚。"

"厉害厉害。"

老人的连连夸奖，反而令我感到有些奇怪，其实自己的身边有不少朋友经常独自旅行，已经对这习以为常，并未觉得怎样。我只好有些窘迫地接道："您过奖了。"

"您这是回家吗？"与老人的谈话让我对他有些好奇。

"对的，我家就在花莲玉里，今天刚从大陆出差回来。你准备去哪？"

"我去六十石山，在富里下车。玉里和富里距离不远吧？"这么问过之后我便开始有些后悔。与盼望得到对方的一个肯定答案，把话题引向自己的旅程相比，我其实更想了解的是老人自己的故事。至于我的旅程，我自信自己已经做好了充分的准备。

"不远，相隔二三站而已。要去六十石（dàn）山的话，交通很不方便呢。去太鲁阁了吗？"我这才知道原来"石"并不读shí，应该是量词dàn，好在身边的这位老人并不在意，没有揭我的短。

“没去太鲁阁，我其实这次到花莲来，就是专程来六十石山的。”

老人理解了我的意图，紧接着热心地掏出手机，为我联系六十石山景区的负责人。我简直不敢相信，自上车到现在，我们见面才不过半个小时，他就主动为我联系景区，希望为我的拍摄提供方便。我心里有些过意不去，不希望麻烦这位老人。他看出了我的顾虑，把已经拨出的电话放在耳边，在对方接起来之前对我说：“放心，他和我是很不错的朋友。”

一个电话打完，电话那端的回话很简短，想必是不大方便，不过对方提供了一个号码，老人顺势拨过去。对方说现在是景区的淡季，往返于山顶和火车站之间的巴士已经停运了，上山唯一的办法只能搭计程车，价格比较贵，而且山上绝大部分的民宿都已经关门了，要找到可以住宿的地方也不大容易。

老人有些失望地挂掉电话，似乎因为没有帮上我而觉得有愧于我。尽管如此，他依然凭借着记忆，说出了三家民宿的名字，告诉我这三家民宿应该不会关门，因为老板平时就住在民宿里。如是说着，还塞给我一张名片，反复强调如果我找不到住的地方就给他打电话，他可以派人来接我。

到现在，我终于通过这张名片，了解到老人是花莲某米厂的董事长。他告诉我，他也很喜欢旅行，从年轻的时候到现在已经走过了四五十个国家和地区，这其中有自由行，也有出差。他讲述的每一段旅程，都让我惊叹不已。难以想象，这样的人物，与我并肩坐在这辆有些复古风格的莒光号老式列车里，平静而又安详地看着我，面露慈祥的微笑。谈话间，我发现最令他感到骄傲的，居然不是他个人取得的种种成就，而是台东那世界一流的水稻技术，他说："我们的技术是顶尖的，还被西亚国家花高价引用过去呢，很了不起的。"

"您肯派人接我，为什么不让他们接送您呢？那样会比坐火车舒服得多啊。"我又问他。

"为什么要人接呢？你觉得我老吗？"他笑着，然后从容地说道，"我又不是不认得回家的路。"

火车依然不紧不慢地开着，对我来说，速度刚好。窗外的景色早已由大海变成了稻田，绿色遍野，色泽喜人。老人从他随身斜挎的精致公文包里拿出一块牛轧糖来，用力掰成两半，顺手递给我："真不好意思，只有这一块，我们一起分享。"

我迫不及待地接过来放进嘴里。

莒光号的车窗隔着38℃的高温，远处是蓝白相间的天和云朵，偶有溪水在高山低谷中流淌，一切恰到好处不是吗？只感觉，那半块牛轧糖，被我含了很久很久……

哥哥，你是拍电视的吗？

23°0′N
102°2′E
29℃

旅行者的宝藏

手里拿着云南省地形图，很多县城就在这密密麻麻的群山之间。我找到勐腊，再用手指划到绿春，两者之间一共不到400公里的距离，山地相连。这里的县城都是被埋藏的宝藏，惹得无数旅行者不惜舟车劳顿前来探寻，而绿春，便是这千百件宝藏之一。

从小城勐腊到绿春，不知要翻过多少个山头。大巴车走走停停，一会儿绕上山头，山中的林间泛起迷雾，好一会儿雾散去了，可以看到远处的梯田，一扭脸，却又冲上云霄，昏昏沉沉之中竟有飞于高空之感，不然这云怎么会堂而皇之地堆积在我的窗边呢?

正要睡着，汽车却又停了，经询问得知，前方修路，水泥车和铲车封锁了道路。十几分钟过去，已经堵了数十辆车，经过协商，施工队暂时开通道路，让我们通行。一路上这样的情况大约遇到四五次，乘客们也正好借机下车舒活筋骨。

然而停车最久的一次却不是因为修路，而是边防检查。荷枪实弹的边防战士上车后给大家敬了一个军礼，然后示意我们每个人拿出身份证件，严肃而又严格。没带身份证的乘客则必须给自己的单位打电话以证实自己的身份。

大巴车把整个白天都耗在路上，经过13个小时的车程，我们终于抵达绿春。算下来，汽车的平均时速还不到40公里。

绿春县城的规模比我想象中的大，因为是依山而建，所以从某些角度看上去异常壮观。在寻找酒店的时候，我不小心踩死了一只巴掌大的蚊子，至今回想起来依然有些胆颤。蚊子的腿细细长长，不知从哪里飞到我跟前，我顺势把脚迈过去，巨大的蚊子竟被我一脚踩死。这终于印证了那句话——“云南十八怪，三个蚊子一盘菜”。

这里的酒店服务员大多数是少数民族。不用穿民族服饰，单从外貌和口音来判断，就可以猜出个八九不离十。服务员登记的时候拿着我们的身份证开玩笑说：“在这里，你们汉人才是‘少数民族’呢。”说完便捂嘴笑了起来。

她说得极是，在这里，哈尼族占了一多半，剩下的便是彝族、苗族、壮族、傣族等。而汉族人，自然是不会选择跋山涉水走进这深山的，即使过来了，也很难适应这里的生活环境。

原来她们本不相识

沿着绿春并不宽敞的街道走，这里的一草一木都格外地吸引人。出发的时候，由于时间尚早，街上只有刚刚开业的早餐店和为数不多的行人。我漫无目的地扫视周遭，视线一不小心捕捉到矮房之间的间隙，哟！那边是另一座山、另一幅风景。若没有注意，都不知这些修建在街边的房子便是这山的边缘，房子的一边是人来人往的县城，另一边即是巍峨的群山和成群翱翔的飞鸟。

我小心翼翼地凑过去看，看清楚了，方才知山间流淌着一条河，河边有建筑队在忙碌地施工。不知在县城规划者的图纸中，这里即将拔地而起的是怎样的建筑。我想，无论如何，它都会使这里更加现代化。远处的山被山腰间的公路一分为二，沿公路往东看，是一座雄伟的大桥，那里有几个指示路牌，距离太远，实在难以看清，不过我可以推断，那是通往另一座县城的路，是连接这两座宝藏的桥梁。

继续沿街走，那方向是昨日大巴车行驶的反方向。温度蹿升得很快，街上的行人也逐渐多了起来，大人们上班，孩子们上学，街边开始出现卖香料、中药、茶叶的摊贩。身着各式民族服装的妇女也背着竹筐，出来赶集了。她们大多是搭乘老乡的货车从附近的村子来到县城的集市，把自己身上背着的黑猪或者家禽卖掉，再买些蔬菜水果或种子带回家。我走到一处菜市场，来往的车辆把本就不太宽敞的街道堵得水泄不通，这里应该就是集市的最中心了，各族百姓都聚集于此，于我来说，真是一场视觉盛宴！

如此这般的赶集，可能已经持续了数十年甚至上百年了吧。我这样想着，端起相机，朝着一位背筐的妇女拍摄起来。她见到我的镜头并不闪躲，反而露出雪白的牙齿，微笑地冲我打着招呼。旁边的姐妹见她“上了镜”，也开玩笑地互相打趣。换一位朋友，再拍一张，这下她好像有些不高兴了，径直地朝我走来，示意让我给她看看照片。我从相机里把刚拍的那张翻出来给她，她盯着液晶显示屏里的自己忽地笑了，裂开嘴说："不好看，形象不好。"然后一个人头也不回地走了。原来，这些妇女本不相识，因为这集市，才让她们看起来像熟知的姐妹一样。

编一个谎话该多好

我们继续前行。在这里永远不会迷路，因为县城的主干道只有一条，不管有多曲折，我们只顾往一个方向走就好了。气温逐渐增高，上坡和下坡也耗费了太多体力，越走腿越沉。这时，热闹的景象已经过去，展现在眼前的是渐渐稀疏的建筑和维护边境安全、倡导民族团结的标语。

正午时分，一个写有"大寨"的牌坊呈现在我们面前，下面还用双语注明"哈尼语标准音所在地"。过了这个牌坊，才有一片好视野，远处的高山、山间的梯田以及近处山腰间的村落都尽收眼底。云很高，向下望去的时候本看不到云，但它"抢镜"的手段颇为高超，时而遮起太阳，在梯田上投影出自己的身姿。好美啊！我感叹道。世世代代生活在这里的哈尼族人，可能竟不知自己正生活在画家的画卷里和摄影师的镜头中。

"你们从哪里来的？"远处一个女孩子的声音让我不禁回头

张望。原来与我们相隔一条马路的二层楼上，竟有两位边吃着冰激凌边朝我们挥手的小姑娘。

“我们是从北京过来的，来这里旅行。”我们连忙回答。

“这里好玩吗？”靠左边的小姑娘紧接着又问。

“好玩，这里很漂亮。”这两个小女孩大概十来岁的样子，我们惊讶于她们竟然可以这么大方地主动同我们交流。正想着，她们笑嘻嘻地从窗台边消失不见了。

这个小片段让我们多了几分欣喜，舒缓了几分疲惫。我端起相机，记录着这座县城带给我们的震撼。几分钟后，刚才与我们打招呼的两个小女孩竟然出现在我们面前。她们并没有校服，但衣着得体，脖子上系着红领巾。其中一个女孩性格开朗，她是主动与我们打招呼的那位，另外一个则像大多数孩子一样，有些怕生。两个女孩自始至终都面带微笑，在和她们的交流中得知，两个女孩都是哈尼族人，在附近的小学读4年级，现在是午休时间，距离上课还有一段时间。性格开朗的那位是班里的学习委员，另一位是班长。

“北京好吗？”学习委员问我们。

“当然好了。你们去过北京吗？”

两个姑娘摇摇头，说：“太远了。”略有遗憾的神情写在脸上。

“你们继续努力读书，将来一定可以去北京的。”我们希望鼓励她们好好学习，也许远方的一个城市，会成为她们学习的动力。

“你们有什么梦想吗？”我的问话让两个姑娘犯了愁。什么是梦想？梦想是什么？这两个问题恐怕连成年人都难以回答，更何况两个只有十来岁的小孩子。我把问题抛出来，期望得到她们诸如“旅行”、“去大城市”、“穿漂亮的衣服”或者“吃遍各地美食”这样的回答，可惜没有。我想，也许没有梦想的孩子并没有错，她们尚没有足够的视野，或者是迫于周遭环境的限制，让她们对于即将面对的未来一无所知。也许她们并不知道旅行的意义，并不知道大城市究竟好在哪里，并不知道什么样的衣服才叫漂亮，不知道还有哪些食物比家乡的更好吃，甚至可能还没有一个真正的爱好……她们当然有理由不去考虑梦想。

我们转移了这个令人难堪的话题，猛地回想起刚才看到的“哈尼语标准音所在地”的牌坊，问她们：“你们还会说哈尼族的语言吗？”

“会。”学习委员有些不好意思地说。

“那可以教我们一句吗？”或许，让孩子们当一回老师，更能增加她们的自信呢。

两个人羞涩地小声嘀咕了几句，然后转身对我们说，哈尼语里的“你吃了吗”的发音应该是“nong hu za la”，如果吃了的话，就回答“za”，没吃的话就说“me za”。

我们正在嘴里反复地嘟囔着我们人生中学到的第一句正宗的哈尼语，学习委员突然开口问我：“大哥哥，你是拍电视的吗？”

我一时语塞，不知该如何回答，思来想去只是谦虚地说：“不是，我是一个普通人而已。”说完之后，我似乎看到她脸上的些许失望。“哦。”身边的朋友赶忙帮着解释，“大哥哥虽然不是拍电视的，但是经常会出现在电视节目中。你们如果继续好好学习的话，也可以像他一样。”

上课的时间快到了，我们与小姑娘道别，在已经走出很远的距离后，她们竟然齐声喊：“后——会——有——期——”。这温馨的一幕让我觉得，在大城市的生活中缺失的小温暖对我们来说尤为珍贵。而这种小温暖，则建立在大城市的人们逐渐缺失的互相信任之上。不知道数年之后，当她们来到心中期盼已久的大城市，她们会欣喜还是会失落。我们只能对她们报以祝福：“后会有期！”

在后来的很长一段时间里，我都在反省自己。我觉得，或许当孩子们问我是不是“拍电视的”的时候，我应该给出一个干脆而又肯定的答案。如果还有一次机会，我一定不会那么不合时宜地自谦，而是更愿意编一个谎言说“我就是你们想象的那样”。因为自己的形象在孩子们的心中越高大，他们对我所说的话便越重视。我会让他们努力学习，将来一定也可以像“我”一样。孩子们需要一个榜样，即使这个榜样其实并不真的存在。

大山深处

31°0′N
102°8′E
6℃

心中住下一座雪山

也许是因为拘泥于世俗，我觉得旅行者总要去一趟雪山，总要背着三四十斤重的背包转走于盘旋的山路，也总要在高山反应发生的恍惚间感受雪山的气息。

我是在清明节假期去的日隆镇，听说那里可以看到四姑娘山“日照金山”的景象。我跟同事们说，可能请假几天，也可能就再也不回来了。

我的旅行总是开始得很简单，往往因为一张照片或者一段故事就只身闯入那片未知的世界。我们在午后抵达日隆镇，镇子海拔3300多米，依山而建，山谷和山腰间都是藏民的住宅。也许也有汉民，但大多是来此做生意的，平时并不多见。我所住的地方是藏民自己开的客栈，女主人让我们称呼她为“二姐”，不知这个名字是从何时叫起来的，总之这个名字给人平添了一份亲切感。对于所有叫她“二姐”的人，她都会像亲人一样对待。她在家不穿民族服饰，但从那标志性的黝黑皮肤和高原红，一眼就能认出她是藏族人。尽管住在这里的游客不多，她也总是跑前跑后地忙碌着，一会儿问我被子够不够，不够的话还有毯子，一会儿又问别人要不要留下吃饭，有自己做的酥油茶和糌粑，一会儿又提醒我，上山别背这么多东西，“头一次来我们这儿的人，一般都会‘高反’的。”

“没关系，我是摄影师。”

摄影师是个神圣的职业，对我来说，它像是一枚别在胸口的军功章。很多时候，我吹嘘自己是个摄影师，可实际上反倒觉得自己可能配不上一个真正意义上的“摄影师”。摄影师究竟是什么？我有时候也说不太清，不过在很多人看来，它也许是集智慧、力量与魅力于一身。我正在对我的身份骄傲地“意淫”，二姐在一旁笑着说：“可别逞能！”

我背起背包向雪山的方向走，心知不会走到那些看似咫尺的雪山脚下。而盘山路也根本看不到尽头，有时候觉得快到了，但是绕过山，又面朝相反的方向。其实，我已经在雪山的脚下，只是自己并不知道，只好“世中遥望空‘雪’山”了。这雪山真美，在午后的阳光下，天蓝得恰如其分，万年的雪山就在这里，像镇着什么妖怪似的，让人踏实得很。

其实不光是旅行者，一个人，无论你从事什么工作，都应该去一次雪山，然后在心中住下一座雪山，让它托举起自己强大的目标，镇住人生旅途中那些叫做诱惑与羁绊的鬼魂，在心灵脆弱的某些时候前去自省，从中获取力量和前行的方向。寻找人生的意义，转山比上班强多了。

大山的微笑

在山路上走着，时间过得比想象的慢，开始还有镇子里的马车或是拖拉机开过，半小时之后，路上便只剩下形单影只的我了。

眼前的路在强烈的阳光下开始变得模糊不清，看看表，我已经沿路向西走了一个小时，这一个小时，恐怕能有15里路吧。山下一直有一个村落，从我出门的方向延伸出来，村中的建筑并不密集，家家户户之间大多有田园相隔。山谷中有一条小河，纽带一般从村子的中间横截过去。向东是雪山深处，逐水向西亦不见尽头。说是“纽带”，只因为我到山下的距离遥远，让原本磅礴的事物多了几分娇媚，河上有几座铁桥，人们可以自由穿行于河两岸。定睛一看，河的南岸，村落的对面有十几匹马，它们悠哉地吃着草，若不是偶尔甩一甩尾巴，还以为是不动的雕塑。

这下我可看明白了，这片村落的每块区域有着不同的职能：以河为界，河的北岸种田，南岸放养牛马，互不影响。走在这里，你会不知不觉地赞叹人与自然的和谐相处——每天起床拉起窗帘，活泼而轻柔的阳光像顽皮的小孩闯进你的眼帘，它每次趁你还没反应过来就亲了你一下跑开了，紧接着羊群、雪松都一个个闯进你的眼帘。姗姗来迟的永远是巍峨的雪山，它最后一个起跑，最后一个到达，是最镇定自若的那一个。

在这里的时候，我从没有睡得太晚和赖床，公鸡打鸣，天亮睁眼，像是完全穿越到另一个世界。我用皮肤感触大山的温度，用双手嗅探空气的形状，用脚步阅读乡村的故事。

我依旧向西边没有尽头的方向走着，恍惚间有几只骨瘦嶙峋的看家狗冲我狂吠起来。这里的狗野性十足，它们大多被圈在笼子里，看着它们在距离我不到3米的地方暴跳如雷，我忽地想起很多驴友在野外遇到野狗的悲惨经历。这边的狗与城市里的宠物狗不同，闯入了它们的地盘，真的有可能丧命。

犬吠声把我从幻想中惊醒。一个人走路，时间久了会想起很多故事，在大脑不断的作用下，目的性会莫名地减退，就好比我们在上班或者回家的路上，并不会时刻提醒自己“我要去公司”、“公司这么走”、“我家在那儿”，而是思考些“一会儿怎么向客户交差”、“晚上回家吃什么”这样毫不相干的问题，而且即使这样，你也不可能迷路，只是途中遇到了某些事情，会打乱你的思绪，让你意识到你是在回家或者上班的路上。对于此时的我，犬吠声也是如此。

我开始意识到，自己可能真的是“高反”了，并且越想便越是口干舌燥，气喘吁吁。远处走过来两位藏族姑娘，她们身着民族服饰，手中分别攥着一只塑料袋，里面可能装着路上要吃的干粮。在这里跋涉，应该是她们这副装扮才是。她们看着稍显疲惫的我，隔着很远就朝我打招呼。“喂——你好——”。好美，我端起相机朝她们拍照，她们倒是笑得更加灿烂了。其中一个反应了过来，用手挡住了脸：“别拍别拍，不好看。”自始至终她们都在微笑，那明媚的笑容可以穿透身体，直达心灵。

“你们好！”我听见自己的声音果然有些虚弱。在城市中，我并不喜欢与陌生人打招呼，可是到了这里，这一切竟然那么自然。

“你要去哪？”两个女孩走近我，个子高一些的那个微笑地问道。我看到她在阳光下将眼睛眯成了缝，眸子在睫毛底下反射着亮光，那上面是大大的双眼皮。

“我也不知道，雪山？或者——随便走走。”我有些语无伦次。或许是海拔3000多米的地方，心理的微微变化都会让人心跳加速，或许是美丽的藏族姑娘叫人心跳加速。

姑娘们捂着嘴大笑起来，像电视里老式的黑白片：“这里到处都是雪山啊。”

“前面有饭店或者人家吗？”我问，因为我有些担心“高反”会加速体能的流逝。

“没有了，你得往回走。”姑娘们朝与我相反的方向走了，也带走了她们的欢笑声。

我咽了咽口水，嗓子有些干涩，看着山谷下面，决定放弃前面的路，不往前走了。

旁边是一家村民的房子，经过允许，他们让我从屋后的捷径小路下到山谷里。我跑去河水边大口地喝水，然后跑到小河的另一边找了一块巨大的石头，卸下背包，瘫倒在上面。小马走过来惊奇地看着我，在我的背包附近闻了又闻，最后失望地踱回了马群，或许它们整个一天的任务就是吃草，为自己在农忙之前蓄足体力。

风吹云淡，暮色相替。真是“坐看红树不知远，行尽青溪不见人”！

几个钟头以后，我歇足了体力，一口气冲上了山。在途中曾经几次笨拙地差点滚下山去，手脚并用最终才爬了上来。把刚才的美景印在心里，气力全无的我倒在了盘旋的山路上，喘着粗气。

“怎么躺在这里，需要帮忙吗？”

我眯着眼，锁定焦距，竟然还是刚才遇到的那两位藏族姑娘。“好巧啊——我没事儿。”我气喘吁吁地说，“就是歇会儿——”

“没事就好，别躺着了，会着凉的。”笑容依旧在她们脸上绽放着。很遗憾，我的形象太说不过去。她们一定觉得，城里人很奇怪。

“好——”我使劲回答着，这样她们才可以听到我的声音，“前面有小卖铺吗？”

“你问过我们了，没有呀，你得往回走。”

她们从我身边走过去，有什么高兴的事呢？始终把微笑挂在脸上。就这样吧，听她们的，往回走。我站起身，这里的马路并没有那么多尘土，心情莫名地好起来。

晚上回来的时候，二姐正在客厅织藏民特有的腰带。我顺着她身后的那面墙看过去，墙上挂的五颜六色的饰品，都是腰带。为什么一定要如此鲜艳？大概是这个民族本就是从内心向外散发着喜悦吧！

微笑的糯米芒果

13°0′N
101°0′E
32℃

นิรันดร์
เรซิเดนซ์5

从曼谷到芭提雅的小思绪

我曾在身上现金不足的时候，在芭提雅的夜市吃到一份不到10元人民币的鸡腿饭套餐。这套餐的丰盛程度，让我激动地难以言表。我也曾在沙美岛清澈见底的海水下浮潜漫游，被水下的压强搞得生不如死，面对工作人员的水下相机，留下了至今最诡异的表情。我还在芭提雅尽人皆知的某游轮上被疯狂的人妖拽上舞台，参与到他们的舞蹈中，并在大庭广众之下被强行扒掉上衣。我也曾骑着大象在它摇摇晃晃的后背上威风凛凛地兜风，与世界上最毒的眼镜王蛇亲密接触……如果单说这里任何一件事，可能听上去都比较刺激，但是对于我来说，有一件小事却在我脑海中记忆犹新。那件事情的主人公是一对泰国夫妇，他们甚至不会说一句外语，语言不通，我们却读懂了彼此的心意。很多时候，一个人经历再疯狂的事情，都比不上几个人相互理解的那一瞬来得更加刻骨铭心。

曼谷与芭提雅，是两种截然不同的旅行。

通常，我喜欢呆立在曼谷某个简陋的足球场外面的树荫下，看那里的孩子们踢球时跳动的剪影。他们穿着正规齐整的球衣，代表各自的球队，认真到为了争一个看似无关紧要的边线球，互相推搡起来。我一度认为，男人从小就应该打架，以培养男人的责任感，学习战斗的智慧，但不要树敌。这与做人的道德和品质无关。我也喜欢在曼谷市中心的咖啡馆里看四周西装革履的白领们讨论重要的文案或是拿着公文包焦急地去见客户，我仿佛看到了曾经身在北京的那个自己，为了一份糊口的薪水坚持着循规蹈矩的生活。我也享受曼谷交通堵塞时的阴雨天，身处堵塞的街道正好使自己有机会慢慢欣赏这座城市，绵绵的细雨湿润眼前的风景，远方的佛塔依旧清晰，驻守在嘈杂的城市中间。这样的旅行是我喜欢的，时光富裕到可以用发呆这种方式来消磨，仿佛自己的幸福建筑在别人的忙碌之上，有些不地道，但事实如此。城市里，物是道具，人是演员，我是一个买票进来的观众。

从曼谷到芭提雅，少了几分既定的规律，多了几分随机的自由。

牵着芭提雅醉人的晚风散步，得到的是一份无与伦比的闲适心境。夜色点燃的霓虹灯光把海边的波浪映照得斑驳陆离。身着切尔西或曼联队队服的小摊贩们趿拉着人字拖，很难联想到他们与足球有何关系。身前踉跄着一个老外健硕的黑影，他左手搂着泰国女孩，右手紧握着一只喝得见底儿的酒瓶子。街边的烧烤摊弥漫着诱人的香气和噼噼啪啪动听的伴奏声，不用挂什么大字招牌，食客不请自来。我正拌上秘制的泰国香料，在某一个路口品尝着2元人民币一只的碳烤对虾，不知从哪窜出来一辆敞篷摩托车，带着浓重的尾气，车上的欧美人洋洋得意地吹着口哨——“真是一帮凯旋的屌丝！”身边的朋友调侃地总结道。刷酱的泰国师傅似乎听懂了什么，微笑着，不停地学着他的样子说话：“哦！屌丝！哦！屌丝！”

芭提雅的夜晚是一个披头散发的舞女，她会摆出千万种撩人的身姿，一段舞，一杯酒，一声娇柔的对白，让置身于此的人们陷入疯狂。我和朋友们边走边揣摩着这位“美女”的模样，她该是有多么令人怜惜，又是多么的凡庸俗落。

如是想着，我们在一家出售手工皮包的店铺门口看到了一个不起眼的糯米芒果摊，说实话，我并不钟爱芒果，但是在那昏暗的灯光下，空无一人的摊位前坐着一对夫妇，女主人的微笑似乎告诉我，他们与这一地区的其他商人相比，有些不同。

心照无需过多语言

女主人的微笑温暖得与整个充满激情的芭提雅极不相称，像星空中划过的一道流星，给人惊喜。我们被这个微笑吸引过去，打算看看她这朴素到极致的芒果摊跟整条时尚、悠闲又有些性感的大街相比，有什么不同。

除了上扬着嘴角，女主人安静得叫人心疼，她似乎想说些什么，但最终却归结于这个长久的微笑。她背后的男子见到我们，也站了起来，礼貌地点头示意。这一幕在一年之后的台湾垦丁大街被完全地复制了，当时我走在夜晚喧嚣的垦丁大街，面对同样的夫妻摊位、同样的海边商业区、同样的地方特色食品，不同的只是这里的语言不通。他们似乎时时刻刻都有喜事，见你过来，极力把这份美好转达给你。

男主人特意把并不明亮的灯泡朝摊前写有中文的招牌那边转了一下，示意我们看上面的宣传语——“好吃！糯米芒果，50泰铢，芭提雅特色！”语言朴实简单，字体卡通可爱，像是店主一笔一划画上去的，正如他们一天天经营彼此的内心。只是看久了，这牌子显得有点别扭：啊！那个“糯米”的“糯”字，是不是写错了？我确认了一下，牌子上“糯”字的右半边，分明写成了“雪”字。

芭提雅的中国游客很多，对于既不会中文也听不懂英语的当地商贩来说，这个牌子对他们来说十分重要。

该怎样告诉他们呢？女子依旧微笑着，她的丈夫已经在一旁准备起切水果的刀具。

流浪的小猫在这对夫妻的摊位边懒洋洋地伸直了身体，细长的尾巴轻轻拍打着地面，偶尔瞪大眼睛看着我们，郑重其事地坐立起来。见我们没有事情找它，它便开始舔舐自己的爪子，一切程序结束之后，继续卧在那里。芭提雅有很多这样的暹罗猫，从早睡到晚，无欲无求。

一位身着银色短裙的性感女子踩着高跟鞋从旁边的皮包店走出来，上衣的装饰在缤纷的灯箱广告下闪烁耀眼。她身旁的男子把一只手搭在女子腰间，另一只手提着六七个袋子，相比热恋中的情侣，他们更像是相识不久的情人。

与我们相隔一条马路的斜对面，有个两层楼的小酒吧，顶层是一个天台，此刻已经聚集了不少时尚男女。大部分时间里，老式的建筑把那熙熙攘攘的声音收进“口袋”里，但当架子鼓和吉他手撕破这半封闭空间造就的“布料”时，撑破了口袋，酒吧变成了尖叫的窜天猴，直冲上九天云霄，整条大街都成了疯狂的背影。

我和朋友们杵立在水果摊的女子面前，她保持着微笑，似乎看出来哪里有什么不对，终究还是欲言又止。该怎样告诉她呢？这时有人开始掏出手机，在记事本里输入“糯米”的正确写法，然后指着牌子上的错字，拼命地摆手摇头。场面虽然滑稽，但却十分奏效。女子先是有些吃惊，之后很快理解了我们的意思，并且把我们的意思转达给自己的丈夫。

“有没有笔？”我们七嘴八舌，中英文掺杂着，并伴随着手势问他。

身材消瘦的男人熟练地钻进摊位底下的柜子里，翻腾了一阵子，找出来一张同样大的空白招牌和几支记号笔，请我们为他重新写一条宣传语。朋友里有一位自告奋勇地冲过来：“我写我写！看我的。”

“微笑的糯米芒果。”他边写边指着女老板微笑的嘴，说“微笑，‘嘻嘻’——微笑的。”

“芭提雅No.1”，“只卖50泰铢”，“超好吃！”写完之后他还在右下角画上一个笑脸，注上“快来买哟”的字样。夫妻俩看着我们的“作品”，他们不知道我们在上面写的是什么，不过肯定可以理解我们的用意，并且完全地信任我们。男子把写有错别字的招牌换下，重新摆放上我们写的那张，开心地去做糯米芒果了。

“我们要1份。”

“One？”女子微笑着问。

我们点头答应。但分明这女子就一直微笑地冲我们几个站着，完全没有告诉她的丈夫。

5分钟左右，新鲜的糯米芒果做好了。泰国的芒果好大，一个便可以填满整个餐盒。女子给芒果插上牙签，满满的三大盒。其中一盒加了糯米，另外两盒是切好的芒果块，是她送我们的。任凭我们怎么推托，夫妻俩硬要塞给我们，并且不收我们任何费用。最终我们还是收下了他们的心意，几个人把芒果分个精光。就连我这个不爱吃芒果的人，拌上糯米，竟也出乎意料地第一次喜欢上这个味道。有时候，语言会成为沟通的阻碍，用心交流，用心去旅行，反而可以收获更多。

近年来网络中流传着一个“布施定律”，意思是说，你给出去的任何东西，终将成倍地回报到你身上。你布施金钱或物质，你将会成倍地获得金钱或物质回报；你布施欢喜心，让他人衷心愉悦，你将会成倍地得到他人回报给你的欢喜。把温暖系在心上的人，才会时刻感觉到别人的温暖。

在心中住下一个孩子

34°1′~36°0′N
103°4′~106°4′E
8℃

五番礼拜时
晨礼邦目达06:10
晌礼撇什尼13:30
晡礼底盖热16:30
昏礼沙 目18:25
宵礼虎夫坦19:00

在沙尘暴中穿行的列车

我们从天水站上车奔赴西宁的时候，火车已经晚点了1个小时。我不经意间瞥了一眼车皮，一副饱经风霜的样子，可以预知，接下来几个小时的行程与“舒适”完全无关。

这已经是我第二次到天水了，时光刚好，一切未变。火车站附近的步行街依旧在那里，伴随着日出日落，更替着熙攘与宁静；商店、旅店和理发店全都铺在这里，傍晚之后，夜市旁攒动着的永远是年轻的人们；那座一直存在的清真寺，伴随它的影子和一日五次祷告的音调，日复一日。

从天水到西宁的火车票是我们提前几天买好的，买的时候车票已经所剩无几，所以座位并不相连。“这趟车的人不会少，而且可能不容易换座位。”同行的朋友多少有些担忧。

我们在雨中赶往火车站，一切顺利的话，天黑之前就可以抵达目的地。

正如所料，车上的乘客很多，而且由于路途遥远，大家的行李比较大，加之车上打牌、看牌的人太多，甚至把本就不太宽敞的过道堵了个水泄不通。经过仔细寻找，才发现车厢里仅存的几个空座也被不知其主的硕大行李堆满，且相隔甚远。

朋友之前的担忧一语成谶，几经询问，对方要么爱搭不理，极不配合，要么告诉我们，他们的座位也是被其他乘客换走的，要我们找别人去商量。顺利换座几乎不可能，最终僵持的结果是必须到大站有人下车时才能如愿。

几经辗转的老人

列车的广播里倡导着和谐生活，窗外扬起的风沙模糊了远处的风景，像是给整个世界蒙上一层黄色滤镜，黄得叫人难受。

坐在我对面的是一对老夫妇，他们也是刚才竭力捍卫自己座位的人，其中老太太的座位号应该是我们的，但面对我们试图换座的问询，他们始终坚持着一个“不”字，表情严肃，毫不客气。到最后竟然干脆把脸扭到一边，无论我们怎样询问，都不再搭理，让人觉得有些不近情理。

“我们在兰州就下车了，到时候你们的朋友再换过来就行了。”老先生见我们坐在对面，用四川话说道。

我打量着眼前这位头发稀疏，浑身精瘦的老人。长途劳累似乎并没有写在他的脸上，眼睛睁得很大，警惕地注视着周围所发生的一切。

他告诉我们，这里离兰州很近，也就两三个小时的车程，而他们已经在这节硬座车厢里坐了一宿了，过了这两三个小时就可以下车透透气了。两位老人不说话的时候是直挺挺地坐着，像拍结婚照。

谈话中，我们得知，老夫妇双双到了古稀之年，身体硬朗，每年都会从四川老家大老远跑去新疆阿克苏看望在那边打工的儿子。

“阿克苏？那还挺远的啊！”我惊讶道。阿克苏在新疆西部，算是祖国的边疆城市了，从那里再往西走100多公里，就可以到达吉尔吉斯斯坦。

提及自己的长途旅程，老爷子开始激动起来，从兜里掏出几张火车票给我们看，“成都—兰州”、“兰州—吐鲁番”、“吐鲁番—阿克苏”……距离都不短，且没有一张是卧铺票，可能对于他们来说，能买到硬座票就已经极其不易了，因为他们当天抵达兰州之后，晚上从兰州发车到吐鲁番的近20个小时，买的是无座车票，也就是说，如果车上满员的话，他们便只能另想办法了。这样的行程别说是老人，就连我们这些驴友听起来都有些毛骨悚然。正当我们惊诧之时，老爷子又补充道：“我们从家到成都还坐了好几个小时的长途车呢！”

“兰州不能直接到阿克苏吗？”我们随口问道。

“不是不能，是没买到。”老爷子把车票收好，表情淡定地坐直，背靠着硬座的椅背，把双手放在大腿上。

“儿子会去车站接你们吗？”

“嗯，他在阿克苏车站接我们。”

我问他们，每年这么大老远的折腾一趟，苦不苦？或者有没有可能让儿子抽空回家看看？老人们说，能见到儿子、不给孩子们添乱就已经很满足了；孩子有自己的工作和家庭，老人们退休在家没事做，只要身体还走得动，就过去看看。

列车在一个不知名的地方临时停车，窗外的风沙依旧没有减退的征兆。老人的话从口中说出来，再正常不过，传到我的内心却是一股暖流。时间似乎跟列车一样，一下子停止了。我们的父母在平凡中伟大，也许做孩子的也知道父母的不易，但并不能体会他们付出过程的艰辛。

正在我写这段文字的时候，四川雅安发生了7.0级地震。在我们传递爱心的过程中，也发现了许许多多感人的事迹，那些平凡人，因为爱，书写着不平凡的事迹。地震的当天，出现了一位叫杨玉蓉的母亲，在房屋垮塌之前，她带着家人成功逃到楼下，后又得知儿子被困在厕所，于是在砖头开始下坠的瞬间又冲进了家中。“儿子，不要怕，妈妈来救你。”杨玉蓉高呼着这句仅半天时间就红遍中国的话，冲进早已垮塌的家中。在杂乱的房间里，她看到一块两米多长的预制板有10余厘米的缝隙，透过缝隙她看到了儿子的身体。母亲不顾儿子的劝阻，坚持在险境中用双手挪开了百斤重的预制板，成功地救出儿子。事后她说，她也不知道怎么就有了那么大的力气。

或许爱真的可以产生力量，就像我眼前的这两位老人，他们因为心中的孩子，迸发出惊人的能量，可以连续几天，几经辗转，行走超过3500公里，超乎常人的想象。而这一切，只要你带着爱，就可以看到。1小时前，我们还因为彼此之间的利益分歧站在对立面，1小时后，我们可以坐下来平静地分享关于爱和温暖的故事。

我们本来不该有那么多对他人不满的情绪，更不该因为对方的某一件事的做法不符合自己的利益或观点，从此与对方划清界限势不两立。每个人行为的背后一定有它的原因。

在这之后，我们几次希望与两位老人分享我们带来的水果，但都被他们委婉地谢绝了。我们很想告诉他们，有我们在的时候是安全的，他们可以多睡一会儿。

他们终于还是相依着睡着了，走了那么长时间的路，他们太累了。可是这觉睡得不踏实，不一会儿他们又开始收拾行李准备下车了，到了兰州，他们得继续换乘去吐鲁番的列车，那两张票上的“无座”字样依然醒目，就如这个时候兰州的沙尘暴一样铭于人心。这是两位极其普通的老人，他们的行为，跟我们的亲人也并无太大差别，甚至每一个普通的家庭都可能存在这样的老人。

“回去车票让儿子报销了吧，你们真是太辛苦了！”我们半开玩笑地说。

“嗯。”说完，他们便背着大包小包下车了。

给我一个理解你的机会

40°0′N
116°5′E
6℃

从小在北京出生，我见证了北京出租车从黄白色的“大发”面包车到伊兰特轿车的时代发展，也经历了每公里从一元钱到两块三的价格上调。20多年来，北京城带着出租车一起发生了巨变，唯有一样从未改变，那就是北京的哥。

北京的出租车司机不但从不会丢失方向感，而且对城区的每一条道路都熟记于心，个别开出租年头久的，还容易触景生情——“这（读音如英文字母J）条路以前不是这样”，“自打前门这片老街拆了之后，那儿基本上就没什么北京人了”，“您看这房子，物价给弄得忒高，我们家孩子都上北五环租房去了”；或者你让司机师傅推荐点什么，他们会告诉你：“取灯胡同的卤煮不错，您可以到那儿尝尝去”，“鼓楼那（nei）边儿的爆肚任头过年刚拆，我干脆拉您到地安门去得了，没几步路。”时不时他们居然也能用拗口的英语跟外国人侃上两句，的确就这么健谈。

我不会因为身为北京人就给北京的的哥打一个体面的分数。客观地说，北京的出租车司机大多善良、实在、直爽，大大咧咧，爱八卦。其中也不乏排外、服务态度恶劣、开车绕道、拒载这些行为，有些嘴不太干净的，也会时不时地抱怨几句社会。有人喜欢他们的率真，有人恨他们慵懒傲慢的说话腔调。

在家门口打过这么多次车，很少有哪位司机能让我熟记于心，唯独有一位令我印象深刻，以至于向朋友提起，大家均表示不可思议。

初冬季节，进入了公关广告公司的提案季，大家辛苦忙碌着次年的年度方案。方案提交之后，作为方案的策划者，我们必须全天24小时待命，此举直接导致有朋友直接把客户的来电铃声设置成了电影《鬼来电》中的恐怖铃声。

与以往一样，在年度方案提交之后，项目组同事抽出时间进行一次小小的聚会，以庆祝魔鬼季度第一个阶段的结束。正准备大吃一顿的我，终于等到了下班时间。“快走快走，关机，打卡去。”同事们相互催促，生怕在这么激动人心的时刻突然又冒出来哪个不靠谱的客户，坏了大家的气氛。

然而悲剧总是不禁念叨的。

人世间最痛苦的是饿着肚子吃火锅，菜都已经上齐了，火就是不开；人世间最最痛苦的是饿着肚子吃火锅，菜都已经上齐了，火也开了，刚拿起筷子，客户的电话响起来了——我当时就这么痛苦。

方案肯定是要改的，但是客户的反馈如此之快，如此的不合时宜，还是头一次。我披上外衣往门外走，又赶上很难打车的时段，好不容易遇到几辆空车，也都从我身前无情地经过，一时间内心焦急，无暇顾及北京难得一见的完美夜色。足足20分钟后，一辆车终于停在了距我不远的地方。

我见车上的乘客刚刚下车，便追过去问：“师傅，走吗？”

“去哪儿啊？”师傅瞥了我一眼说。

“北辰西路。”我答道。

“我不往那边去了，奔东边儿了。”

“您帮个忙，没多远。我真有急事儿，”我很着急地说，“这时间太不好打车了。”

其实我说话的时候已经多少有些放弃了，因为在以往的这个时间，我已经被拒绝过很多次了。今天有些不同，他突然把刚要启动的车子停下来，隔着车窗用有些不耐烦地语气对我说：“上来吧。”

汽车掉头向西，飞奔到北四环，车里的电台播放着年代久远而孤寂的音乐，让人觉得恍如穿越到另一个空间里。东北四环上夜晚的风景，被路灯照射得太不清晰，被我们超越了的公交车里依旧是人满为患，人们表情各异。每个人都有一个宇宙，各自编写着各自的运行程序。打通人与人之间宇宙的难度或许不亚于实现宇宙之间的时空穿越。我无厘头地想着，通常这种时候，证明我心里比较烦躁。

“哎，这下估计得晚了。”司机师傅看着前面的车。交警突查运输货车，车速一下子降了下来。

“说得是啊！这堵车堵得真不是时候。”我应和着。司机没有搭腔。

忽然，在挪了一段路之后，司机猛地一打把，提前出了主路。“我带你走一条小路吧，可能绕远了，就先不给你打表了。”

“得嘞，那谢谢您了。”我答应着，心里一阵欢喜。这样的司机确实少见，虽然态度一般，但是心地足够善良。

汽车绕到一条漆黑的小路里，师傅猛踩起油门，车速之快让我立刻提高了警惕。司机越开越猛，神情专注，直视前方，完全不顾前方的红绿灯和人行横道。怎么了这是？我心中有几分疑虑，从没有见过这样的司机，更别说是出租车司机了。

很快，车开进了我的小区。“您开得有点猛啊。”我亲眼看着他连闯两个红灯，这要是被查到，是要被罚款扣分的。

“今儿我儿子过生日，答应他10点之前到家的。”悬疑片有了结果，我却不觉得痛快，看了看表，还剩25分钟，不由得替他捏了一把汗。他继续说：“回去可别堵车了，”然后把头转向我：“刚才一段路没打表，你就按表上的价格给吧，二十五。”

“那怎么行，是我耽误了您的时间。”往常这段路应该是三十六七元，从单位附近到家，价格我熟悉得很。如是说着，我从兜里掏出来50元：“您别找了。不是还闯俩灯吗，实在不好意思。”

“这——”他接过钱，“谢您理解，明儿我得返回去瞅瞅那条路有没有监控。再见。”

这是我唯一一次打车没要找零。其实十几元钱是小事儿，重要的是当对方觉得你理解了他的苦衷，心情大概也会好一些吧。我总觉得，并不是所有人都愿意告诉你他们内心的隐衷，如果你有幸发现了，便有机会做些事情，让他们感到宽慰。

「奇怪」的老头

53°5′~50°4′N
122°4′~124°1′E
10℃

漠河难觅北极光

中国的最北端是漠河，漠河的夏至是令人疯狂的，那里有每天20个小时的白昼，晚上10点多天才完全黑下来，第二天清晨2点多天又开始蒙蒙亮了。来到这里的游客，也许都会至少刷一宿夜，在黑龙江边的国界线旁搭一个帐篷，等夜幕降临的时候，吃几串烤肉，或是打几圈扑克，聊聊天唠唠嗑，在你不知不觉的时候，天就已经亮了。这个季节，不在黑龙江边守一次日出，着实有些可惜。

夏至这天的北极村有一个北极光节，会邀请俄罗斯的舞者和歌唱家过来表演，当然这个节日也因为“极光”的噱头，每年引来数以万计的游客。尽管听一些当地人说，真正的北极光十几年甚至几十年才能看见一次，但千辛万苦抵达这里的每个人，都希望亲眼目睹绚丽的极光，无论如何，夏至的漠河也是全国出现北极光概率最大的地区呢。

听邮局的工作人员说，在我们抵达北极村的前一天，有人声称看到了极光。她也从未见过极光，显然已经不愿去辨别这样一个可爱的信息的真实性。如此言论也一直在游客之间传递，小道消息传的人多了，假的也变成了真的。好几个人从我身边经过的时候还讨论着关于昨日“极光”的事情，语言描述得惟妙惟肖，似乎他们真的已经看到了极光，殊不知，他们只是希望这消息是真的，只是希望他们所描述的一切美好都是真的。

我亦是如此。

北极光固然是看不到的，虽然早已心知肚明，但大家仍假想着广场舞台上发射出的激光、轻轻摇摆上升的孔明灯、西边那倔强着不落山的晚霞和头顶上空盘卧着的云朵能在下一秒被北极光代替，哪怕转瞬即逝。我们奋力想象着极光的样子，想象着它将以怎样的方式登场，当它以苍穹作为背景进行表演的时候，人间再绚丽的舞台都将黯然失色。“回吧，我父亲在这边生活了四五十年，他只看到过2次极光。”在漠河相识的牛哥对我们说。好吧，谁说要等北极光来着，就好像我们明知道中不上彩票，但既然买了，就一定会守在电视机前等开奖人念完最后一个不靠谱的数字才会死心。

漠河的美，其实根本不用极光点缀，当你看到晨曦下篱笆墙上闪烁的露珠，一只花色蜘蛛跑过去看着水珠里的自己发呆，你会觉得这情节似乎出现在儿时的动漫中；当你看到那晴朗的窗外忽然飘过一片乌云就开始下起了瓢泼大雨，你会感到这天气竟也如此真性情。这里根本就用不着手机，基站早已满载负荷，没有信号，无法上网，而上网也本就是多余的。

夏至一过，漠河再次归于平静。由于车票难订，原计划订到哈尔滨的车票已是供不应求，我们临时决定改变计划，先到大兴安岭的首府加格达奇。多乘坐一次火车，便多收获一个故事。这次也不例外。

桌子要保持清洁

晚上8点多，漠河的天刚微微泛红，我们便登上了开往加格达奇的列车。目的地距离漠河并不遥远，到达的时间是第二天凌晨4点。这意味着在漠河连续熬了两宿的我们，最迟也要在凌晨3点半就得从卧铺上爬起来。我们依旧亢奋，因为从漠河到加格达奇的那段路极美，简直可以用童话和仙境来形容。

我们一行四人是两个中铺和两个上铺，检完票之后我们等其他旅客先上车才最后上车。我攥着手里的车票走在最前面，找到了我们床铺的号码，发现下面的两张床位已经坐上了一对老两口。他们大约70来岁的样子，老爷子拧开一瓶矿泉水递给老太太，后者接过水，从兜里掏出一块手绢，扔给老爷子擦汗。他们把大包的行李放在床下，还有两个包放在身边，老太太喝完水，右手拎起包，希望我们可以帮她放到行李架上，但她看着我却不知如何开口。“来，包给我吧。”我说。

我们把自己的背包也安置好，留出零食的口袋放在下铺中间的小桌子上。这趟火车通风不好，我抬起车窗，抖动起衣领扇风。

“不要在这里放东西啊。”火车已经开了，我们几个人还没有坐下，坐在下铺的老头就有些焦急地说。起初我们并没有认为他是在对我们说话，谁也没有搭茬儿。紧接着他又说了一句：“不要在桌子上放东西啦。”听口音是南方人。

我们看过去，老太太已经脱鞋躺下了。

“桌子要保持清洁啊。”老头认真地说。

这是什么理论？这样的乘客我们还是第一次遇到，于是我们说：“可是，这是公共区域，又不是下铺专属。”

“还是拿下去吧，”他指了指过道上面已经没有空间的行李架，“你们看那上面，你可以把左边的黑色包再往左挪一挪，把它下面横着的盒子竖起来，然后再把那个蓝包旁边的东西放在蓝包上面，把它们往右面挪一挪就放下了嘛。多简单。”

老人的话并不在理，特别是那句“多简单”，更是让人哭笑不得。我们尝试着反驳，最终却败给了他的固执。于是我们简单商量了一下，决定把桌子上的袋子放在行李架上，让桌子“保持清洁”。

老爷子终于松了一口气，对着窗外喝了口水。天色渐暗，加之火车已开出漠河县城，外面什么也看不清楚。他把矿泉水的盖子拧紧，然后给老太太盖上一件衣服。他这边的床位空着一半，我凑过去，与他搭起话来。

两位老人来自贵阳，与我们一样，也在加格达奇下车。在同一节车厢里，还有其他8位老人与他们同行，他们都是退休以后又重新聚到一起的，每年都去旅行，连续好几年了，几乎走遍了全国。老人说到这里的时候，脸上写满了自豪，他问我说有没有去过抚远，那里是中国极东。我回答说还没有，但是将来会去。“我们刚从抚远回来，这次在东北20多天了，还走了沈阳、大连、延吉，这是刚从漠河回来，从加格达奇转车去海拉尔，然后还要去满洲里……”老人越说越起劲儿，全然没了刚才的尴尬。

他见我带了相机，于是也给我分享起他们的照片，只不过他没有相机，而是翻开了一本厚厚的相册。他指着相册告诉我，他们去年去了台湾，明年要去西藏。

“台湾？去年我也去了，您觉得那里怎么样？”台湾给我留下的印象很好，而且是美好到极致，不知道对于他们来说，台湾是什么样的。

“不好，没有意思。我喜欢北京，那么多高楼大厦，多好看。”老人如是说，说完还给我看他在北京的照片。

“您看，北京那么多人，去哪儿人都特别多，怎么好玩呀？”我指着他那些并不怎么好看的照片说。

“那也比台湾好，高楼大厦多好看，嗯，高楼大厦好看。”老头自顾自地说着，重复着这句话。他说话的时候喜欢双手比划，生怕我听不明白的样子，但即使这样，由于他的普通话讲得太一般，有时候非得重复几遍我才能听懂。合上相册，他看着对面已经开始打鼾的老太太，突然放低了声音：“她这几天都是2点多才睡。”

我如梦初醒，这才是老人希望“保持桌子清洁”的真正原因！他只是不希望我们在拿东西的时候打扰老伴儿休息。对于含蓄的老人来说，爱就是行动，随意脱口而出显得过于矫情，他甚至宁愿为自己认为正确的事情背负旁人的一些误解和指责。我心头一震，竟感觉有些激动。

“怎么睡得那么晚？”

“兴奋得睡不着，没见过那么长的白昼啊。”老头心满意足地笑着，两片灰白色的眉毛在额头下方舞动，不时还跟来回路过的同伴打着招呼，“大家一起聊天啊，打牌啊，很开心的。”

对于老年人来说，要凑齐10个人去旅行，是一件很困难的事情，他们几个都是老同学和交往大半辈子的挚友，彼此之间从没有出现过分歧。维护情感的办法不难，也没有捷径。“有人眼神不好，我们就搀着他；有人高血糖，我们就不吃太甜的东西；有同伴喜欢登山，我们就增加一个行程，腿脚不好的同志就在山下等着，在山脚下看山，对于他们也未尝不是一个好选择啊。我们容易知足。”

他的话朴实，却充满力量，让人听了浑身颤抖，恰似在数九寒冬饮上一杯热茶。“我老伴儿牙不好，不能吃硬的，每次大家一起吃饭时，也不会吃太硬的。大家总是互相照应着。即使她要吃硬的东西，我也会把食物弄碎了才给她吃……”

也许最幸福的事情，就是在退休之后，和心爱的人一起去世界各地旅行，没有时间限制，有时候甚至没有目的地，走到哪是哪，只要有爱人相伴，就心满意足了。老人说得对，知足者常乐，一群容易知足的人聚到一起，在相互理解中体验温暖，想产生分歧都难。

我看了看表，让老人早些休息。

凌晨3点的闹钟把我从床上叫醒，火车依然飞驰在开往加格达奇的铁轨上。下铺的老人已经先去洗漱了，他可真是个精力旺盛的老头。正想着，他居然凑到我耳边，叫我起床："快下来看啊，窗外可漂亮了。"我端着相机，略带惊诧地跳到下铺，被眼前的一切所震惊——太阳在东边调皮地露着半拉脑袋，把天空中的云染成了浅黄色，列车在一片绿色中穿行，偶遇高大的树木遮住视线，但大多是广袤的草地和弯曲的流水。远处是山，不那么巍峨，却因为山前的雾气，显得格外柔美！这里是仙境吗？有那么一瞬间，我和老人同时望着窗外赞叹，要是这车可以停下来就好了。

这个法国人不太浪漫

23°0′N
102°4′E
26℃

与法国工程师的邂逅

收到Thierry邮件的时候，我喜出望外。他用工工整整的英文表示已经收到了我给他发的照片及视频，并大致描述了一下他的近况，紧接着是对我的祝福。最让人觉得不可思议的是，在这六七行的英文下面，还有几行带有语病的中文，在那上面有一行是他的标注：I used a translator to write in Chinese. Here is what happens（我用一个翻译软件写了中文，译文如下），这些瞬间让我回想起了不久前，一个疲惫的外国人拿着一张写有汉字的纸条冲我们礼貌地打着招呼，字条上工整地写着："您好，请问这里有Wi-Fi吗？"

让时间回到一个月以前。"80公升"团队搭乘超过13个小时的大巴车，经过漫长的山路，终于抵达了位于云南省红河哈尼族彝族自治州的绿春县，小县城依山而建，格外美丽，这里的汉族人很少，绝大多数是哈尼族、彝族等少数民族居民，妇女们身着各自的民族服装，把这县城点缀得更加妖娆。然而就是这么一个与众不同的旖旎小城，却由于藏在深山之中，少了许多游客的足迹。

到达绿春的第二天，我们换到了一家带无线网的酒店。略微遗憾的是，无线网络只在一层大厅才能收到信号。来这里住店的人实在不多，我们整晚都守在Wi-Fi旁，也没有人催我们离开，有时候甚至连工作人员都"擅离职守"，不知去哪打发时间去了。

这时候，一个背着大包的外国男子走进了我们的视野，他往空无一人的前台望了一眼，然后转身对着正在用电脑的我们展示着他手上的字条：“您好，请问这里有Wi-Fi吗？”他大约30多岁，个字不高，身材中等偏瘦，礼貌的微笑挂在脸上。

“有，而且没有密码。”我们用英文回答他。

“谢谢！我可以坐在这里吗？”他见我们会说英语，于是指了指我们对面的那个沙发，也用英语问道。

“应该可以，那里没人。”

他带着绽放在脸上的笑容坐过去，打开电脑，还不忘冲我们点头示意。直到前台的工作人员回来，他才站起身来，抱着电脑客气地问：“May I sit here?”

“他问他能不能坐在这里。”我们充当起翻译来。

见工作人员点头之后，他才又高兴地坐了回去。

大约一个小时之后，他收拾好行李，站起身准备出去。时间已经不早了，我们猜他是回他自己的酒店去，绿春这边的酒店大多都没有无线网络，他可能就赶上了那么一家。我们简单地聊了几句，才知道他原来是一位法国人，听朋友说中国云南很美，于是辞去工程师的工作，特地来这里深度旅行。我惊诧于一个外国人竟然可以只身一人走到这里，同样也对一个讲拉丁语的人竟然可以有如此标准的英语发音表示赞叹。

度过了这一晚，我们便结束了在绿春的行程，朝着下一个目的地——元阳出发了。

令人震撼的三大奇观

为了去元阳，我们不得不再次坐上长途巴士。山路漫长，对晕车的人来说用“煎熬”这个词形容并不为过。汽车走走停停，过了边防检查站之后开始提速。窗外的景色随着海拔的升高而发生变化。

“看！云海！”身边的队友拍醒正要睡着的我，我一惊，下意识地举起相机对准窗外。

汽车围着山路转，云海忽远忽近，汽车甚至钻进云里，遮住了眼前的所有风景。我们惊奇地看着窗外，车里的其他乘客则惊奇地看着我们。旅行就是这样，在一个地方待腻了的人去另一个人待腻了的地方，我们很庆幸看到了不一样的风景。这让我回想起大一的那年冬天，班里的南方同学会为了一场雪而旷课逃学，那是他们第一次真真切切地感觉到了雪。

云海持续了很长一段时间，直到我们翻过了那座山。元阳距离绿春不远，早上出发，中午就可以抵达元阳老城。

要说观梯田，最佳的时间应该就是一早一晚光线不强的时候。由于我们中午才抵达元阳，错过了清晨的风景，傍晚绝对不能再次错过。我们下午4点多出门，头顶艳阳高照，东南方向响晴薄日，可回头再看，巨大的一片阴云从西北方向的山上过来，气势磅礴，阴云笼罩着的地方黑压压一片。而再往西，是乌云已经路过的地方，依旧是阳光明媚。这天空成了巧克力夹心饼干，在城市里很难看见这样的景色。我们跑到广场靠近阴云的边缘，从这里可以看到山底。

“看，那边在下暴雨！”我欣喜若狂地朝西边冲过去，天与地之间摊开了一幅壮观的画卷，人们只不过是它面前渺小的存在。它又像是宫殿里的一层高贵的薄纱帘，似乎这是仙女的人间宝殿，她们就要下凡，轻柔地掀开纱帘回房就寝。这暴雨距离我们不到300米，闪电出现，紧接着雷声巨响，是巨人沉重的怒吼，每吼叫一次都会在山谷间回荡许久。我看看头顶上空，蓝天淡定自若，依旧不急不慌地沐浴着最后的阳光。渐渐地，起风了，狂风。刚才“画卷般暴雨”的假象瞬间被刮得支离破碎，游客们收起相机四散而逃。直到雨点已经落在自己的身上，我们才跑进了提前约好的车里。“好险！”我长出一口气。这雨洗刷着车，令司机无法看清前面的路。“一会儿再走吧，现在雨太大。”司机师傅把车开进一个桥洞里，躲起雨来。

暴雨来得快，去得也快。十几分钟的工夫，又恢复了晴朗，被雨水洗刷过后的梯田，散发着泥草的芳香。

我们在日落之后满载着照片回到酒店旁的广场边。刚才在山路中间穿梭，并不知道西边的天空发生了什么，到了这里，终于真相大白。人们都从不同的方向聚到这里，年老的、年少的，旅行者、当地人，外国人，无不尖叫着、欢笑着、赞叹着簇拥到这里，为的是可以看到更全的晚霞，因为在太阳落山之后，大片的火烧云悬挂在山顶上空，绚烂的余晖已经把苍穹的另一边染成粉红色。我上一次看到这样的景象是在台湾的六十石山，当时整个山上只有我一个游客，这回则全然不同。

你的名字很难念

我在熙熙攘攘的人群中看见了一个拿卡片机拍照的身影，他身着格子衫，侧脸对着我们，个子不高，中等身材偏瘦。我对身边的朋友说："你看，他是不是昨天咱们在绿春遇到的法国人？"

"嗯！好像是。"

尽管我们之间相隔将近10米，他回过头的时候，还是注意到了我们。几乎是同一时间，我们向彼此招手。

"Bonsoir（晚上好）！"我们主动用法语向他问好。

"Bonsoir！"显然他跟我们一样也很激动。在异国他乡，可以连续两次在不同的城市遇到相同的人，实属不易。"你们好吗？"他依旧热情，彬彬有礼。

"非常好，谢谢。你呢？"我们用这几句熟练得不能再熟练的英语寒暄。

"我也很好。"他看着我们，一直笑着。不知道他知道不知道关于李雷和韩梅梅的故事。

"你也是从绿春过来的吗？"我们问他。

"对，没错，今天下午刚刚到这里，这里太美了。"他打算在元阳待一周，好好感受一下这里的美妙。来中国之前，他已经去过了马来西亚、泰国和老挝，巧合的是，我们去中老边境磨憨的那天，正好是他从老挝抵达中国磨憨的日子，在云南，他的路线与我们相同，遗憾的是在磨憨和勐腊都没有碰上。

天渐渐暗下去，周围的人未少反增。广场上开始有人跳起舞来，大屏幕上放起年代久远的电影。

"你接下来打算去哪呢？"

"还没有计划，也许是丽江？大理？也许是北京？新疆？都有可能。"这种随心所欲的旅行实在让人羡慕，而女孩子更多是佩服他的勇气。"我还没有想那么多，中国人很好，这里又这么美，享受现在才是正经事。"他补充道。

我们向他介绍了"80公升"，法国人频频点头，看得出来，他也希望为公益事业做些事情。于是我们商量了一下，希望他可以为我们录一段视频，简单地说几句话，最后要带上中文"爱在路上"四个字。如我们所料，他在了解了"爱在路上"的含义之后，痛快地答应了我们的请求，只是当他面对镜头时，多少有些羞涩。

"不对，"他打断自己录了一半的话，小声嘀咕了一句，"不应该这么说。”然后抬头面向我，“不好意思，重来。”

法国人酝酿了一下情绪，整理了一下衣领，用手捋了几下头发，清了清嗓子，一字一句地说：“大家好，我叫Thierry，我是法国人，在中国旅行，为了领略这个美丽的国家——爱在路上。”除了最后那四个字，其余都是法语。

天已经黑了下来，由于海拔高的缘故，这里的夜晚比磨憨和景洪凉爽多了，而且繁星满天，有着在城市里我从没见过的数量如此众多的星星。我们的快乐，或许就这么简单，或许仅仅因为有一个机会，可以毫无顾虑地拼命地向另外一个人敞开心扉。我们聊公益和旅行，后来又聊彼此的秘密和那些曾经憋在心里难以启齿的故事，根本就没时间烦恼。

天地玄黄，宇宙洪荒。日月盈昃，辰宿列张。寒来暑往，秋收冬藏。闰馀成岁，律吕调阳。与无穷无尽的自然相比，人类只不过发现了一些规律，用于自己的生产生活罢了，微小到可以忽略不计，哪还有心思勾心斗角、明争暗夺呢？

年矢每催，曦晖朗曜。璇玑悬斡，晦魄环照。不如先为自己做好规划，给年轻的自己一个机会，见识大千世界，发现更多的规律，结交新的朋友，摒弃那些无故的猜忌和因沟通理解不畅而产生的隔阂，不用太在意自己，也不用太在意谁，爱得越真，自己才会愈发强大。

“你叫什么名字？”在我们的交流即将结束的时候，

Thierry突然问我。

我告诉了他。

他却重复了3遍，然后自己“扑哧”地笑了出来：“对不起，对于我来说，这两个字太难读了。”

“没关系，你也可以叫我Orange，因为在中文里，‘诚’的发音和‘橙’一样。”

他把我们的名字都认真地记了下来，然后把自己的邮箱给我，叮嘱我别忘了给他发照片和视频。

巧合的是，我们在元阳的第二天下午，又在集市上与Thierry碰面了，这一次他见我们在工作，于是远远地冲我们打了个招呼。“我们明天就去昆明了，祝你在中国一切顺利！”这是我们最后一次见面，相隔5米远，没有法国式的浪漫，但相信这段记忆会珍藏在彼此的脑海里，永久保鲜。

你说感谢的瞬间最美

21°9′N
120°85′E
30℃

墾丁哲園
HOTEL
余家熱炒店

爱上垦丁的午后

台湾很小，小到我上午在高雄旗津的旗后炮台上遥望85大楼，中午就坐在垦丁湛蓝色海边的沙滩上看着男孩女孩戏水欢笑。台湾的天气变化无常，以至于我刚才还在垦丁的民宿里躲避特大暴雨，洗完一个澡出来，便听到街边恢复了熙熙攘攘，阳光又重新洒在柔软的床单上。台湾人说话很可爱，走累了坐在公园的座椅上，与你背靠背坐着的那个身高190厘米的黑胖子说起话来的语气简直酥麻得叫人心疼，似乎他们一直被上天疼爱着，再激烈的言辞从他们口中表达出来，也显得温和许多。台湾人美，在雨中慌乱地逃跑也可以邂逅一个伞下微微露齿的笑容。

从高雄到垦丁，我认识了一位大姐。确切地说，她是我的司机，衣着干练，肤色较深，大概40来岁的样子。她招呼我上车的时候，我以为她只是售票员或是无良的黑车司机。后来才得知，她是一家私人客运公司的老板，一切都是合法经营，甚至在到了发车时间的时候，由于没有拉到其他客人，可以容纳十几人的小巴士就只载有我一名乘客。当然，价格不变。

她姓李，我叫她李姐。

跟我印象中的台湾女生不同，李姐比较严肃，只有开口说话的时候温柔许多，所以我喜欢有意无意地与她搭话，让对白填补汽车音响里单调的歌声。

“您是哪里人？”我试探着问。

“我啊，我就是垦丁的，土生土长哦。”李姐手握方向盘，眼睛认真地盯着前方。“你是北京的哦？”她问。

“是啊，您怎么知道？”我很好奇，在台湾多日，只有她一个人猜出我是从北京来的。

“你们说话总爱说‘您’啊，‘您好’、‘您请’、‘您是哪里人’哦，”她很认真地听我说话，观察乘客细致入微，“其他的陆客很少这样哦。”台湾人通常管大陆游客叫“陆客”。我仔细听她说话，发现她几乎会在每句话后面加上一个“哦”字，降调发音，是习惯，像是希望得到旁人认可。

李姐开车很稳，高雄的现代化建筑退去之后，我们开上了一条小路。她指着前面的一辆停在路边的长途巴士说：“那辆车也是去垦丁的，比我的车便宜5台币，但是我的车比它快，还负责帮你找民宿哦。”

“好啊，谢谢您。”

“有时候乘客上车后还觉得我的价格贵了，说攻略上写的价格比我这个要便宜二十几块（台币）。我就对他们说，‘你们在网上查的信息都是一年前的了，现在油价涨得飞快哦！连公交车都涨价了哦！’”她偶尔发发牢骚，忽然眼前出现一片绿地，每株植物上面的果实都用塑料袋包裹住：“这是凤梨，我们这边很出名的哦。”

从高雄到垦丁的路上，天气阴沉，小雨一直伴随着我们，安静的雨滴把车窗打湿，顺着窗子从上往下滑落，像是给这车装了一层窗帘。这一路的风景不如我原本想象的精彩，但是李姐言语中的真诚却让人印象深刻。她说她曾经差点去广东卖奶茶，但是那时候大学才毕业，胆子小，家人也不让去，就放弃了。她也告诉我台湾人不光考试升学压力大，买房租房生活压力也很大。我问她：台湾人看上去都比较低调，大街上的豪车很少，不爱炫富，是这样吗？她说台湾也经历过炫富的阶段，但是有一些富豪的家人曾经被绑架撕票，现在就好多了。

车开到垦丁的时候，天已经大晴。垦丁的阳光充足得有些过分，明明刚才几里地以外的地方还是阴雨绵绵，此处却偏得上天独爱。李姐为我找了一家800元台币的宾馆，如此低廉的价格叫人亢奋。垦丁的天气炎热，地上还有些许雨水未干的痕迹。李姐给了我一张垦丁地图，告诉我这边可以租车，有电动车和自行车，骑电动车的话不要骑出去很远，车子会没电的。她把自己想到的都嘱咐了一遍，然后才收下我的钱。她接钱像接名片，恭恭敬敬地说："谢谢哦。"我忽然想起金钱也是有灵性的，你对钱好，钱就对你好，所以对待每一分钱都要恭恭敬敬地往里迎。

我这才看清李姐的长相，五官虽不够精致，但却有种说不出的美丽，尤其是那双眼睛，充满了感激，与我对她"严肃"的印象完全不符，这甚至让我觉得不好意思。

不是你的错

从李姐的车上下来，几乎是完成了一个交接仪式，我被一位“年轻”的老板娘迎了进去。

“那我走了哦，梅姐。”李姐干练地上车，一扭脸就消失不见了。

这位李姐口中的“梅姐”，看上去比她要年轻很多，皮肤白皙，身形修长，面容姣好，以淡妆修饰，笑容可掬，虽然她年龄比李姐大，但却全然没有距离感，给人一种年龄相仿的错觉，似乎身上还散发着一些文弱的特质，风情万种。见到她的人都会产生一种莫名的喜欢吧？直到身边路过了一个身高与我相仿的男孩冲她喊：“妈，我先出去一趟。”才让我回过神来，“诶——”我瞠目结舌地接过她递给我的钥匙：“谢——谢——”

“在2楼，我带你上去。”我跟在她的后面，“把钥匙插在这里就可以了。水龙头左边是热水，右边是凉水，空调和电视遥控器在床头柜上。出门时记得带钥匙，有什么事情给我打电话，拨0就好，租车、叫车都可以。”

“谢谢！”这么热心周到的服务，我还是第一次遇到，相对于800元台币的低价，这里的干净、卫生、温馨、舒适已经非常让人满足了，卫生间里还有个大大的浴缸，除了没有窗子，曾经住过的一些四星、五星级酒店也不过如此。

梅姐看到我心满意足的样子，把笑容堆在脸上，晴朗得像垦丁的天，轻轻地把门带上：“哦，对了，外面天气很好哦，一会儿出去好好享受吧！”

“好！谢谢！”我隔着门喊。

再次遇到梅姐，是第二天早上了。我兴高采烈地带着相机从楼上跑下来，却被门外泼水似的暴雨拦了回来。梅姐见到我说：“这雨会下到中午，下午又会天晴，最近几天都是这样。”

我想了想说：“本来计划中午就从高雄回台北的，我可能等不到下午了。”

“那你约好车了吗？”她睁大眼睛问我，怎么看都猜不出她的年纪。

“没有，但是我有李姐的电话。”我正转身要走，却被她叫住了。

“她昨天回高雄了，要明天才过来。我帮你约车吧，价格不比你昨天的贵。”我谢过她，得到的却是她的连声抱歉：“实在对不起。”好像天气不好是她的错一样。

几分钟后，梅姐给我打电话，说车已经到了。我收拾好行囊跑到楼下。她说门口不好停车，车停在了10米外的地方，于是亲自把伞举过我接近一米九的头顶，把我送了出来。暴雨滂沱，很快打湿了她的发帘和连衣裙，我莫名得心里一酸。

我快走几步上了车。隔着车窗，她冲我说：“实在不好意思，欢迎下次再来垦丁！”最后的一幕，是她举着伞站在雨里，目送我们的车子离去。

垦丁大街滋润得不像话

是的，我在垦丁只住了一晚，但是这一晚的曼妙，却值得我单独写出一篇文字来。

5月初的垦丁情绪多变，单拿我在垦丁的那天来说，上午是大暴雨，午后天空竟然放晴，太阳暴晒，并不宽阔的马路上积水消失得很快，只需一两个小时，这里就几乎看不到下过雨的痕迹。街道两旁满是绿树，新枝嫩芽亮眼的绿色让人心情舒畅。路边的烧烤摊还没有开张，就这样无序地摆放在路边，也并未觉得杂乱无章。人们成群结队地往一个方向走，沙滩裤、比基尼、冲浪板和黝黑的皮肤。再往前走，仔细听，是海的声音。终于找到一片相对稀松的树林，透过树枝，可以看到湛蓝的大海，海洋推着边缘白色的浪花，一轮一轮拍打着岸边。沙滩上的人们遥远地跳动着，听不见他们的声音，但可以感受到他们的快乐。白云像演练过的舞蹈家，成群结队地在天海相连的地方均匀排列，随风变幻着身姿。

如果时间充裕，我情愿在这样一个惬意的海滩晒一下午，享受这里的阳光。这里像童年的建筑工地里的沙土堆和体校的足球场，这里像姥姥家的菜园子小院子和儿时舅舅的照相馆，这里与所有你喜欢的地方一样。置身于这里，时间总是过得很快。

见识了梦幻般的海上日落和晚霞，天逐渐暗了下来。别以为人们的生活已经结束了，在逐渐凉爽下来的垦丁大街，夜生活才刚刚开始。酒吧招揽生意的手段花样百出，有打出特价牌的，也有利用电影大片、球赛吸引顾客的，有邀来歌手或欧美乐队演出的，更有甚者，邀请了数十位性感女郎，在店门口大秀热舞，引得身旁的年轻人阵阵喝彩……

下午停在街边的烧烤摊已经恢复了生机，摊主在灯下不停地忙碌着，不用叫卖张罗，四溢的香味就是最好的广告。烧烤、奶茶、鲜榨果汁、香酥肥肠、QQ蛋奶、生蚝、蚵仔煎，各式小吃齐聚街头。偶遇挂着电视的摊位，那可不要错过，仔细一看，电视里循环播放的是这家摊位曾经被新闻报道过的光辉事迹，真是免费的宣传片。在小吃摊的周围，少不了具有垦丁以及台湾特色的纪念品，每一个摊位都围着不少游客，摊主忙得不亦乐乎。这些成排的小吃和小商品摊位就“盛开”在各色酒吧的门口，使得本就不太宽敞的垦丁大街热闹非凡。

我一个人走在这里，丝毫不觉得寂寞和孤独。周围没有人愁眉苦脸，没有人拌嘴吵架，有的只是惊叹、欢呼和微笑。我凑到一个卖爆浆虾的摊位旁拍照，与其他摊位相比，这个摊位的位置不大显眼，人也不多，最吸引我的是“爆浆虾”这三个搭配起来无限诱人的繁体字。

摊主是一对中年夫妻，男人负责油炸和加作料，女人负责包装、收费和介绍产品，我在拍照的时候，听见她耐心地给旁人介绍每一款食物的原材料和做法，很快也对他们的小吃产生了兴趣。老板娘看我停下拍照以后还没有离开的意思，便开始招呼我随便尝尝。她抬着头看我，顺手把散落在额头前的一撮头发往耳后别过去，动作干练且不失亲和力。

“啊，我想要3只爆浆虾。”我并不饿，只是随便选择了这里的招牌食品，给她捧场。在老板制作的过程中，又有几个年轻人围了上来，老板娘依旧是笑脸相迎，让人心情愉悦。几分钟的工夫，老板娘把3只爆浆虾包好，递到我手里，我伸手把钱递过去，几乎同时接过来她的找零。

“非常感谢！”这一秒钟定格在我脑海中很久，对方的头是向下倾斜的，从一个略低的角度向上微笑地看我，我切实地感觉到他们对人的尊重，似乎她比我遇到的其他地区的摊主更加渴望把东西卖出去。我不是一个喜欢乱花钱的人，只是在这种情况下，我已经忘记了“砍价”这样的事情。然而，即使买贵了又怎样？总有一些人买东西，只为这一份舒心。

微笑是最好的广告

捧着这份热气腾腾的爆浆虾回民宿，忽然看到在旅舍的斜对面是卖“马拉桑”米酒的摊位，我一下子想到电影《海角七号》里关于马拉桑的情节。

“喂，帅哥，要尝尝米酒吗？”摊位比较冷清，坐在后面的小伙子见我过来后兴奋地站起身来，热情且阳光，说话极富感染力。他极力推荐着他的米酒，最终举起来一瓶说："你看看这个，这瓶只有我家才有卖哦。"

"啊，可以拍照吗？我只是想拍几张照片。"我真有点担心这句话会影响他的心情。

令人吃惊的是，他立刻痛快答应，而且反倒更加开心。他竟然一点都不怪我浪费他半天口舌，笑着说："拍好看点，为我们做做宣传哦！"

"一定的。"我答应道。

他不认识我，也不知道一张照片可以带来怎样的宣传度，但他可能知道，一个微笑，或许可以为自己增加一次机遇。回到北京后，我在微博上为他宣传，几次在分享会中提到垦丁大街这个卖马拉桑的小伙子。不知道宣传效果怎样，但我只是尽我的力量去做。

我觉得我在台湾遇到的这些人很美，起初我并不知道是什么原因。离开垦丁之后我终于找到了答案，是他们把微笑和感恩的心当作最好的化妆品，永远给人最美丽的瞬间。你可以不漂亮，但不可以失去纯真的微笑，你可能遇到挫折或不幸，但不可以忘记感恩待人，每时每刻，因为——每个人说"谢谢"的一瞬间都是最美的。

冰冻亲情

47°4′~50°2′N
120°3′~122°3′E
−35℃

近30小时的硬座火车

如果我问，中国的冷极在哪？十有八九会有人猜漠河，因为漠河在中国的最北，名气比较大。然而正确答案应该是位于呼伦贝尔的图里河，与漠河相比，图里河1月份的平均温度更低。

决定去中国最冷的地区时，已经接近春节。我和“80公升”的其他几名队员希望去到那里寻找温暖人心的故事。我把几乎所有的可行性方案都考虑到了，唯独低估了“春运”对行程所带来的阻碍。

要去图里河，必先经过牙克石，所以我们把牙克石市定为此行的第一站，也是作为休息调整的一个中转站。由于团队的经费问题在临行前2周才得以解决，从那时候开始预订北京出发到牙克石的往返火车票，一连几天都没有订到硬卧票。此时我们所面临的最大问题是：1月是气温最低的月份，若买不到车票，行程被拖到2月，所谓“极冷”的含金量就会大打折扣，这样一来，这次行程将面临搁置。这是一次没有退路的旅程，为了防止一拖再拖连硬座票都被定光，我和其他成员商量，果断订下所剩无几的硬座票，先保证能去再说。

出发的当天，我们一行几人打算在火车上补一张卧铺车票，以便大家轮流进去休息，只是不出所料地赶上供不应求，只好作罢，忍耐着令人每换一个姿势都十分艰难的硬座区狭小的空间。

火车启动之后，车窗外北京熟悉的建筑物渐渐淡出了我的视野，出于职业习惯，我在火车行进的过程中寻找着光影下的故事，纪实的题材让我不禁从怀里掏出相机，这一举动引来了旁人好奇的目光。带有浓重东北口音的列车员善意地提醒："别拍了，贵重物品都收好啊！"别忘了，这可是春运期间！

北京与牙克石之间隔着28个半小时的车程，我所乘坐的位置，上上下下都塞满了乘客的行李。想到还要坚持一天多的时间，我恨不得把我那两条大长腿塞进兜里。

来不及紧张和兴奋，"80公升""寻找中国最极端"的旅程就从这列并不怎么舒适的火车上开始了。

大男人　小温暖

几个小时过去了，短途的乘客换了一拨，车厢内的人数未少反增。在我身边坐了一对情侣，男孩的父母坐在过道的另一边。

男孩长相俊朗，身高大概一米八，身材偏瘦却比较结实，刚塞进公文包里的名片夹和不小心掉出来的工卡证明他刚参加工作不久。他用尽力气把巨大的编织袋塞进座位底下，招呼正推着食品车经过的乘务员："给我来根雪糕，哎吗，热死我了。"边说边用那不算干净的毛衣袖子擦去额头的汗水。坐在一旁的女友扑哧地笑出声来，递给他一张纸巾，还不忘追加一句赞美："嗨，壮劳力，你立大功了！"

男孩的父亲可能是嫌挤，把双腿伸到过道这边，面冲着我，不苟言笑。坐定后，他从兜里掏出一小瓶自制的白酒，瞬间，酒味儿穿过瓶盖散发了出来。"你们是哪儿的人？"他边打量着我们边拧开瓶盖。从这浓重的烟酒嗓可以判断出，此人酒量惊人。

东北人的豪爽从喝酒谈话中便展现无遗，酒喝得快，说话直。经过简单的沟通，我们了解到，他们是内蒙古扎兰屯人，在我们前几站下车，同行的女孩是准儿媳妇，唐山人，过年了，第一次去男方家，此前还从没有去过那边。

"爸，您少喝点酒，又半瓶下去了。"儿子担心起父亲的身体，而在我们面前的这位留着小胡子的中年男子，竟然不露半点醉相，对儿子的话嗤之以鼻。男孩见父亲对自己爱答不理，索性跟女友玩起跳棋来，一连几局都是靠耍赖获胜，女孩嘴上不依不饶，最终的表情却总归于淡淡的微笑。

天黑了许久，火车再停，抵达了沈阳北站，手机显示室外气温已经降到了−25℃，车窗由于缝隙不严，已经糊上了一层厚厚的冰。沈阳停车时间长，男孩的父亲下车抽了根烟，上车后带进来一股冷气。他环顾四周，然后问我："你们就带这么点衣裳？"

"啊，每人还有个冲锋衣。"我指了指车窗边钩子上挂着的衣服。

“不够。”他扫了一眼，慵懒地说。

“这还不够？”我反问，以为可能是听错了，因为我自信出发前的准备已经足够充分了。

“嗯，还不够。”

“那得穿多少啊？”我有些惊讶。

“起码还得来个军大衣吧。”他说着又把头低下，顿了顿，“你们的鞋也不行。”说着把自己的鞋脱了下来，翻开鞋帮，举到我面前，“你看，我这里有棉绒。”

“牙克石冷，那是风口。”他每次说话不长，语速也不快，不急不慌的，与世无争，活神仙一般。

我心知此行大家准备的装备起码可以抵御−40℃的低温，即便是−50℃，我们把随身携带的暖宝宝贴上，也可以坚持一段时间不被冻伤。他的话让我开始有点兴奋，我一直觉得，如果能体验到−50℃的低温，那么就绝对不虚此行了，我们正是要去中国最冷的地方！

“那牙克石得有多少度啊？我看天气预报，也就−30℃多啊。”我说。

“那不准，怎么也得40℃。”东北人说温度不爱加“零下”二字，因为到了冬天，气温一般都在零度以下。

“哦，那也还好。”一切还在掌控中。

“你们下火车出站，不远就是商场，里边儿什么都能买着。

也不贵，砍砍价一百多块钱。鞋和大衣都一百多。牙克石不大，总共就那么几道街……”我的问题似乎让他来了精神，我越问，他话越多，好像我若是什么都不知道，他便会把他知道的一五一十都告诉我。

聊天，往往让时间过得很快。深夜时分，车上的人大多都不再说话，男孩的女友也已趴在桌子上睡着了。男孩与父亲低语了几句，似乎有什么想法达成了一致，披上衣服站起身，给女孩留出两个座位，让她后背靠在窗边把腿伸直到座位上。

“我们抽烟去。”中年男子也让妻子换了一个舒服些的姿势。

硬座车的夜晚非常难熬，半睡半醒间我又看了一眼表，3个小时过去，父子俩依然没有回来。我把贵重物品揣在兜里，趁洗把脸活动活动的工夫，发现原来他们已经铺着报纸，在洗手池旁的过道睡着了。

车窗外一片漆黑，除了反射的昏暗灯光，什么也看不清楚。车厢内四处乱得没有规矩，东倒西歪的乘客和随处摆放、形状各异的行李，鼾声、低语声、婴儿啼哭声与火车行驶的声音汇集到一起，更显杂乱。我的腿由于姿势单一，已经开始有些浮肿，并且间歇性发麻，脖子和肩膀的酸痛让人很难入睡。但我却丝毫未感到烦躁，因为我所拥有的，便是最好的。无论怎样，享受旅程，是我此刻最愿意做的。

再次醒来的时候，是被冻醒的。我发现小伙子正小心翼翼地为女友身上加盖一件大衣。女孩有所察觉，表示希望换男友躺下休息，男孩不肯，一番争执之后，最终换父亲坐下，腾出一点位置。女孩依偎在男孩的怀里说着贴心的话。窗外的气温早已低于−30℃，他们此时定是温暖的，我看在心里，也觉得温暖许多。也许在生活中，大凡可以触动内心的事情，都是如此简单、朴素的。带着爱，便可以感受到爱。

去一个从没听说过的地方

21°2′N
101°7′E
35℃

从这里直走，就是老挝

若不是特意为了行走边境，我怎么也不会知道磨憨这个名字。即便知道了这个名字，我也不会觉得自己能跟它扯上任何关系。然而事情总是这样，造化弄人，我来到了这里，又很难遗忘这里。

记得儿时跟表哥吃饭，表哥说我手握筷子的姿势不对，老夹不上菜来，最后找出问题的症结，是我手握筷子的位置太靠上了，那双小手根本无法控制筷子。而拿筷子的手离碗那么远的人，将来一定是个不着家的人。现在看来，表哥当初说得没错。

在听说磨憨之前，我在地图上先查到了边境小城勐腊，磨憨则要更偏远一些。我自认为，但凡带“勐”这个生僻字的地名，大多是云南的偏远地区，特意在网上查询一番，与我的猜想相仿，“勐”在傣语中是指小块的平地（多用作地名），并且是旧时云南省西双版纳傣族地区的行政区划单位。

到了勐腊，便不由自主地愿意挤进空间狭小的面包车里，多花上几个小时，去看看磨憨，因为那里是云南的最南端。再往外，就走出了国界，到达老挝的磨丁口岸。磨憨是中国通向老挝唯一的国家级口岸。

从昆明到磨憨，几经周折，要先抵达景洪，然后乘车从景洪去到勐腊，最后从勐腊再到磨憨。好在路况还算可以，一路上也并不怎么孤独，窗外的绿树、江河轮番替我做着舒缓眼部疲劳的工作。

去磨憨的路上我们认识了一个人，他让我们称呼他“王总”。这位老总衣着得体，阿玛尼的体恤以及在汽车的颠簸中若隐若现的阿玛尼腰带，鼻梁上架着一副度数不深的眼镜，言谈举止散发着知识分子的气质。他向我们介绍，他就在磨憨口岸工作，可以通过工作之便，为我们在磨憨的行程提供便利。有意思的是，下车之后不久此人就以找人为由，消失得无影无踪。或许他去忙自己的事情了，抑或者是后来又想找到我们，却发现根本没有留下彼此的联系方式。本来我们也不好意思无缘无故接受别人的帮助，这下更可以亲自“开拓”这片对我们来说像是寓言一般的土地了。

小镇与我们想的不大一样，没有热闹繁华的景象，也没有富丽堂皇的建筑。若不是新铺的公路和新建的路灯，这里还真让人觉得有些寒酸。镇子里仅有的一条主干道，直通向磨憨口岸，过了那里就是老挝了。

三层楼

景洪是国内著名的“蒸笼”，勐腊跟景洪一样热，磨憨跟勐腊一样热。这里的天气干热且没风，花草和路边偶见的三角梅，都像是装进盒子里的标本，一动不动。这边人烟稀少，可能是因为天气热的缘故，街上没什么人，夜里也没有发现任何夜市。主干道两旁是旅店和餐馆，便利超市隔几十米就有一家，偶尔还看到有小型照相馆立在街旁，一天到晚也没几个人光顾，我走进去借用他们的电脑导一些照片，竟油然而生愧疚之感，仿佛是硬闯进去、打扰到店主安逸的生活。完全不用想，护照这类证件照片一定是这里的照相馆最常拍摄的一种。

磨憨的光线很强，反倒衬托出这里的云。云总是大团大团的，多起来的时候堆积在一起，倔强的非要把毒辣的太阳遮蔽起来，效果显然还不错，整条大街被挡在阴凉下面，忽地感觉凉爽许多。

再沿着街边走几步，不难发现一些泰国、老挝、柬埔寨特色的超市或特色商品店。店家不喜欢开灯，都是一副懒洋洋的样子，没有什么比在午后的阳光下睡一觉更令人舒爽的了。迈进泰国特色食品的超市，买几瓶泰国饮料，打开瓶口品尝，香甜至极。把它放在一旁，去做别的事情，1个小时再回来，瓶口竟然已经爬满了贪嘴的蚂蚁。

穿越主干道，来到另外一侧，完全是一片不同的世界。没了公路，沿着布满车辙的土坡上山，那里有一片简易房，从远处就可以看出是当地人用木板、木条、塑料布、编织袋甚至酒瓶子搭建而成的村落。村落前面有不知谁搭建的猪圈，不远处是散养的鸡和家犬，我们的拜访惊吓到了它们，鸡犬猪齐鸣，乃是这边最具生气的一隅。

我们怯生生地上山，这里家家户户都是大敞遥开，一不小心就会误撞人家。我们走上来时，靠外的第一家人正准备晚饭，见到我们不由悚然一惊。我们的装束与他们完全不同，嘴里吐出的普通话也与他们不同，手里拿的东西也许他们从未见过。他们不知道我们来自何方，也不知道我们为什么跑到这里来。这一家人很快又笑了，因为我们对于他们来说，太新鲜了。

我向他们打招呼，他们光点头，笑着不作答。小女儿从屋里慢悠悠地走出来，站在门前不敢动弹。

“今年几岁啦？”我们问。

女孩呆立在那里，母亲替她回答：“4岁，刚过完生日。”这家人话不多，口音很重。小女孩更是自始至终站在那里，一动不动，她对我们感到好奇，又不敢过于表现自己，一直原地盯着我们，保持着安全距离。

从外面可以看到他们的家具，破破烂烂的，没有灯，更没有电视。似乎除了一张极其简陋的木板床，剩下的就是做饭用的炊具了。女主人告诉我们，沿着她家向前走，还有几户人家，往上走的话要走另一条路，那里人更多。

我们顺着已经被人踩出痕迹的土路向上爬，一不小心走进一个看起来还算富裕的人家，台阶上的院子里还铺上了水泥地，只是这家已是大门紧闭，像是长时间无人居住。下来之后走到侧面，我才发现原来这水泥地底下，密密麻麻挤着的是空酒瓶子！这家人用酒瓶子当砖，与天津著名的瓷房子颇为相像，说不定这家的主人若到了大城市，会成为艺术大师呢。

再走上去，有一片空场，这里只有一间房子。一个身穿灰色T恤的女孩出现在我们的视野。

“你们好！”姑娘一米六几的身高，礼貌地朝我们打招呼，她普通话说得还不错，笑起来有些腼腆，也有一些紧张。

“你好！”我们比往常更轻柔地回应道。

“你们住在这里多长时间了？”

“嗯，已经有2年多了。”女孩说。

“啊，挺不容易的。那你们不是磨憨本地人吧？”

“不是，我们是从红河搬过来的，”女孩子一笑，往山上人家更多的方向指过去，“这里大部分都是从红河搬迁过来的。”

“为什么要大老远搬过来呢？”

“因为这边条件稍微好一点，在那边，爸爸找不到工作。”我们和女孩并不是聊天，更像是一种Q&A采访，一问一答。

“那爸爸现在在做什么呢？”

“他还没有下班，在建筑工地里打工。有时候也去帮人家装修，地里有庄稼的时候也会去干。”

“你是在帮妈妈做饭？”同往的朋友见女孩脸上有些炭灰，用手帮她擦掉。

“嗯。”

“你现在在哪读书呢？”

女孩说她在磨憨的一所希望小学读书，那所小学合并了周围的4所小学，所以这边的孩子基本都在那所学校读书，读到中学再去附近的尚勇或是勐腊、景洪。我们吃惊于眼前的这个女孩，看上去起码应该是个高中生了。

“你今年多大了？”

“16。”她回答得干脆。

“读几年级？”

“六年级。”

我们有些不敢继续问下去，怕再继续询问，会伤到孩子的自尊心。几个人面面相觑，不再多言。

“因为从红河搬过来，我有几年没有上学，”女孩说，“我本以为再也不能读书了，现在倒也很开心。”她反过来安慰我们。

“你们学校，像你这么大的同学多吗？”

“我知道的不多啦，不过还是有几个的。”

简单的对话到这里就结束了，我们内心已经达成了一致：女孩口中所说的那所小学，我们是要去拜访的，去看看孩子们需要哪些帮助，也看看我们身边的人能够提供哪些帮助。

几个人再往上走，天也渐渐黑了，视野却好到几乎可以俯瞰整个磨憨。从这里再上一层，要穿过许多大树，那些树没有被搬迁过来的人们砍伐，依然完好地保存在这里，有的根部裸露出地面，一群大约不到10岁的男孩在上面踩来踩去，一会儿又跑到别的地方，叽叽喳喳。他们对周遭的一切都充满着好奇。

小时候玩过丛林探险游戏吗？几个同龄的伙伴在公园的树林里能玩上一个下午，每一个发现都是新鲜的，第一次见天牛，第一次见池塘里只长出两条后腿的蝌蚪，第一次见刚蜕下壳还不能飞的知了，第一次见蜘蛛网上趴着一个比手掌还大的花蜘蛛。“有毒！”平日里最淘气的那个小子大喊一声，所有人都惊慌而逃，一边跑一边叫嚷着。

记得我上小学一年级的时候，有一天上数学课，外面下着暴雨，同学们的眼神逐渐偏离了黑板，结果被老师大声呵斥：看什么看？没见过下雨？可我们分明听到的是一个个冰疙瘩砸向窗子的声音。有个同学突然站起来可怜兮兮地问：“老师，我们会被砸死吗？我们会不会死？”

哗——全班齐刷刷地看着哭笑不得的数学老师。那是我们第一次见到冰雹。

20多年过去了，这些成了我儿时欢乐记忆的重要组成部分。对于这里的孩子们，如果可以自由、快乐、好奇地生活，那应该就是最健康的方式，贫穷与否并不会对他们的成长产生太大的影响。他们年老的时候，留存在脑海里的童年回忆，或许比城市里的孩子们丰富得多。我开始思考一个大多数公益人都思考过的问题：他们真的那么迫切的需要金钱和物质吗？即使我们资助他们，对他们的人生影响又有多深远的意义呢？

我们是在帮助别人，但即使付出再多，能做到的也十分有限。我们也好，4岁的女孩也好，16岁的小学生也好，在简易房中间穿梭玩耍的孩子也好，路都是每个人自己走出来的，我们只不过找一个冠冕堂皇的理由，为了更好地帮助自己罢了。只是，为了帮助自己而去帮助别人，可以让自己的步伐更加稳健，走得更高，看得更辽远。

旅行是阅读，只要保持一颗好奇心，我们就可以看到每一层不一样的风景。只要不断探寻与思考，即使风景相同，我们也会随着阅历的增长而拥有不同的感悟。

我们在山脚下的时候，希望探寻山上的人家，在第一层遇到的一些人或事情，可能暂时无法解决或是看似平凡无奇、毫无意义，于是我们继续行走；当走到第二层时，我们又遇到了一些人，他会告诉我们一些有价值的东西，我们会依照他的信息，对事物做出自己的判断和行动；经历过挫折与思考，再来到第三层时，我们看到了更加宽广复杂的事物，又结合自己已经获取的知识，做出更加深度的思考。

旅行是一次阅读，而人生是一场旅行。

为何只是擦肩而过

22°3′N
114°2′E
22℃

LOUIS VUITTON
Abercrombie & Fitch

香港近了，香港人远了

高兴的是，香港离我们越来越近了，遗憾的是，香港人离我们越来越远了。

6年前，我曾经去过香港，虽然之后又有几次因为转机的需要途经这里，但终归与这座城市擦肩而过。我倒也没什么遗憾，因为在我看来，香港是不必列入行程的城市，需要的时候，说去就去了。

6年间，我几乎没有主动关注过这座城市的消息，但它却在我的圈子里频繁出现，朋友隔三差五就会提起：最近又去香港买了些护肤品，或是希望去看看电子产品，诸如此类。好像香港就在自家隔壁，K歌听得着，炒菜闻得见。

在这6年中，我大学毕业，工作，创业，经历了截至目前最大的曲折，付出了最多的精力，发生了一些事，路过了一些人。我如此，你亦如此。几年中，出租车起步价上调，房租成倍上涨，麦当劳和星巴克都纷纷上调了价格，成府路口的成都小吃里宫保鸡丁盖饭从8元涨到了15元……人们更加努力地拼搏，为了更美好的生活……还有，人民币升值了，6年前差不多95元人民币兑换100港币，现在只需要80元人民币就可以了。也就是说，香港不但为我们免了税，而且已经给我们打了八折。经济基础决定上层建筑，身边的朋友大多逆着物价飞涨的浪潮，出手阔绰、衣着时尚，有的也开始讲究起营养搭配和健身塑形。

单从经济这方面来说，这6年的变化，让我觉得香港不再那么遥远了。街边地道的鱼蛋面16港币一碗，老板像是我的亲人，鱼蛋比想象的多，菜里有只小虫子，应该没洒农药，可以放心地吃下去。牛排饭45港币一份，给放两大块牛排，把下面的米饭盖得严严实实。麦当劳比在北京吃的便宜。当然，早饭还是要贵一些，每顿大概20港币左右。出租车起步价20港币，在港岛乘坐过一次，由于距离不远，表都没有跳字。当然，地铁还是比较贵的，三四天的时间，如果比较奔波的话，起码要花100港币，不过既然来了，一般人也不会在乎这种小头开支，随便买件衣服也就节省回来了。

我们现在站在这座城市，似乎连言谈举止都比6年前更加从容和潇洒。然而，香港人好像离我们更加遥远了，移动互联网让人更加忙碌，更顾不上身边人，他们曾经特有的孤傲或已慢慢转变成了忧愁。阳光透过摩天大楼间狭窄的缝隙照射在他们的脸上，如悲剧舞台上的追光灯那般。

在香港，我感觉自己像是一个隐形人，永远被匆匆路过。生活在这里的每个人都很忙碌，忙碌到明明距离很近，却感觉不到彼此的存在。尽管，每个人都不知不觉地在彼此的故事中出现。

人们拿着高薪，圈在一个圈子里，精力有限到完全不够顾及其他人，这样究竟好吗？我们为什么这样忙碌？

人类的生产力提高了，电脑运行得更快了，交通更便捷了，分工更复杂细致了，一分钟甚至可以产出20年前一周的效益。

我们依旧这样吃饭、这样活动，反倒比过去背负更重的买房和结婚的压力。我们更忙了，加班熬夜，可是，钱去哪了？更快的电脑和交通工具，不应该让人们更加轻松地生活吗？

老了就不着急了

我坐在出租车里，窗外是静止不动的建筑和缓慢行走的老人。这是我乘坐过的最慢的出租车，步行10分钟的路程，坐车起码也要七八分钟。

司机是一位身着白色衬衫的白发老人，少说也有六七十岁。他把头发梳到后面，扎起一个辫子，领口最上面的那颗扣子也要系上，精神得像一位功夫巨星。他用粤语向我问早，我们不曾谋面，笑容却似曾相识。我告诉他我所要去的地方，之后安静地看着窗外。

香港的道路很窄，高楼林立，遮挡住阳光，有时候我从屋子里出来，竟一时分辨不清天空是晴是阴。香港人多车多，红绿灯也多，车开不快，但也不至于堵车。

汽车停下来的次数蛮多，有轨的叮叮车和自行车先后超过我们，最后甚至连行人也走在了我们前面。老司机嘴里哼着不知名的曲子，享受着他的工作。

“今天天气可真好咧！前两天刮来了个‘海燕’，算你幸运啦，它已经飞过去了。”司机自言自语，也不急于得到我的答复，双手搭在方向盘上，两眼好奇地盯着车窗外。

他说他就出生在香港，一辈子生活在这里，年轻的时候去过很多城市，老了还是看不够脚下这座城市的万种风情。“再不多看几眼，以后就没机会了。”每个人都在经历两种旅行，一种是时间上的，一种是空间上的，待到白发苍苍时，不去旅行，也同样可以拥有全世界。

老人的话让人听着多少有些伤感，他自己倒好像更加坦然地面对。“年轻的时候做年轻的事情，年老的时候做年老的事情。”他如是说着，让我想起《相约星期二》里充满智慧的老者。

他也是个让人觉得轻松的老家伙，会对迎面经过的美女抛媚眼打招呼，也会在右转时比出手势让着急赶路的白领先过。他有充足的时间，去发现让自己感到快乐的事物。

“好大只的姜啊！这么大，一块就够吃一个月的了。”在等红灯的时候，由于方向盘在右手边，老司机瞪大了眼睛往左侧窗外看去。沿着他的视线，几米以外，一位老太太摆弄着自己竹筐里的生姜，块块饱满，色泽喜人。她把竹筐支在旁边的消防栓上，似乎是在点数，拿起一块又放下，慢悠悠地再拿起另一块。她的身影被高楼底商的玻璃反射过来，正好与我乘坐的出租车呈现在同一平面中。汽车重新启动，他又笑出声来：“哎呀，真有意思。”他似乎重新活过，觉得一切都是新鲜的。

车在我要去的地方停下来，那是一个商业区，人流穿梭不息，大家不知疲倦地忙碌着。

“香港的生活节奏好快！”我由衷地发出一个属于大多数旅行者的感慨，顺势把钱递给他，发现他手背上清晰的老年斑。

“年轻的时候都着急，等老了，就不着急了。”他接过钱说。

两块三港币

香港发达的标志之一，是各行各业的人们都追求时尚，无论是菜市场卖菜的年轻人，白发苍苍的出租车司机，还是卖报纸的中年人，你都可能看到他们头上打着发胶、修过眉或者戴着夺目的耳钉。我在上环便遇到这样一位，他是个搬运工。

遇到他的时候，他手里拉着一个搬运车，正着急地从马路另一头过来。车上堆满了大箱子，看上去很沉，过了马路之后，他直起腰，倚靠在推车的扶手上大口喘气。

他大概也就20出头的样子，很瘦，工作服穿在身上有些肥大；身高不到一米八，不过算上那根根抖擞竖立起来的头发，大概也接近一米九了。见他掉了个头推起车来要走，我有些不忍心地跟他打了个招呼，询问他去皇后街的方向。

小伙子突然精神起来：“啊！那很远呢！”

我从地图上看，我已经就在附近了，小伙子的话弄得我一头雾水。

他想了想说："走路过去的话，大概要20分钟吧！"他的普通话已算不错，说起来却仍显得吃力拗口。怕我难以理解，他又表达了一遍。"Sorry啦。"他自己笑出来。

"那请问我应该怎么过去呢？"我问。

他指着我前方的两条路，告诉我这两条路都可以过去，不过其中一条路的距离会比较远。然后又不厌其烦地给了我第二套方案：沿着我身后的坡路直走，上去后也可以坐叮叮车，那样比较划算，刷八达通才两块三港币。他把各种线路都告诉我，最后突然又想起什么，说："你也可以打的，可能起步价就可以把你送到。"

网上流传着一种说法：人的一生会遇见2920万个人，把这个数字除以全世界70亿人，就是两个人相遇的概率，大约千分之四。而在这些人中，绝大部分都是与我们擦肩而过的，真正相识并相知的寥寥无几。你愿意把自己封闭起来，还是愿意敞开心怀，把一个美好的自己交给更多的人呢？

这个世界必定是一位数学家的，他让数以万亿计的人和动植物，遵循简单的规律而排列组合，每一种排列组合都发生一个故事，每一个故事又产生多个排列组合，故事多到数也数不完，循环往复。这个排列组合安排了我与你的相遇，甚至可以让世界不需要任何管理者，自然地发展下去。

我和对面的男孩静止地站在这里，高楼大厦间穿梭着行人和车辆。这个世界又像是一场蒙太奇电影，它把大自然和人类创造出的事物完美地拼接到一起。然后主角登场，他们的台词都是经过演练的，因为在很多时候，你就是我，我好像也是你。

我道声谢，然后决定步行过去。小伙子抬手看了看表，“嗯”了一声，消失在人群之中。

碎片记忆

欠人情，未必坏

我在台湾垦丁的时候，一日傍晚，天空电闪雷鸣，一场暴雨即将来袭。我离已经办理好入住的民宿还有六七公里的距离，路上没有公交车和计程车，甚至连最近的一家店铺都离我有很长一段距离。我用外套把手里的相机裹起来，准备与暴雨来一场殊死搏斗。

正在这时，我身边停下来一辆轿车，司机是一位中年妇女，隔着车窗大声招呼我上车。

“你去垦丁大街吧？”

“嗯，”我答应，然后下意识地问她：“要钱吗？”

她起初没有吭气，停顿了几秒钟之后忽然埋怨道：“我顺路而已，要什么钱啊？我又不缺你这点钱。”她的指责让我铭记于心，并开始反复思考。

我发现，一直以来，当我们接受别人的帮助时，总为了不让自己在内心深处产生愧疚心理，谋求当场回报对方，用金钱了结或是用其他方式。这与善良无关，反而用金钱扼杀了一次善意。对方为我们付出的善心，在与我们手里的金钱做了等价交换之后，他的这次善举就值这么点钱了。

我想，我们并不需要做到谁也不欠，相反应该带着一份愧疚之心，把善良传递给更多需要帮助的陌生人。

淡江第一课

在台湾，我去淡水的时候，听闻古龙和周杰伦的母校淡江高中就在这附近，于是前去寻找。走到一个分岔路口，按照地图显示，学校应该就在我附近。

这是一个周末的下午，一群六七岁的孩子在我眼前，玩着叫不上来名字的游戏。我问他们去淡江高中该往哪里走。其中一个小胖子往上面一指："从这里上去，往左转就是了。"

"应该往右！"另外一个孩子大声喊，他确信小胖子指的方向是错的。

"我记得是左边，应该往左走。"一个小女孩也围过来，加入了他们的争执。

"肯定是左边，我带你过去。"小胖子扔下手里的玩具，自告奋勇地走在我身前，别说，还真有点大将风度。

"没关系啦，你们去玩就好了，我自己走过去。"我说。从地图上看，这里距离淡江高中也就200米左右，而且这是最后一个分岔路口了，剩下的路，直行就可以走到。

"不行，我把你送过去，那地方不好找。"小胖子坚持要送，而我们走的这条路，狭窄而安静，几乎没有人经过。

我在他这么大的时候，父母经常教育我，千万不要跟陌生人多说话，更不要单独和陌生人一起走；自己独自在家遇到陌生人来敲门，也要先问清楚是谁。我不为身边的这个小朋友担忧，反而为自己所生活的环境感到遗憾。

“你看，前面就是淡江高中了。”顺着他手指的方向，我看到了一个不起眼的牌子，想不到这里就是令无数人疯狂的、拥有悠久历史的知名学府。

这是我在淡江高中上的第一节课，我的老师，是一位才读小学二年级的台湾男生。

一句话

阿辉的笑，我始终不忘，直到现在，我依然清楚地记得他在我的眼前咧开嘴傻乐的样子。再回忆下去，却是他唯一板着脸说过的一句话。

阿辉是华裔越南人，是我在越南认识的朋友。作为导游，他一个人陪了我一天。他说他的祖先在300年前就已经来到越南，在这边，别人一听到他的姓就知道他是华裔，会觉得他与本国人不同。

他的标志是笑，说足球笑，说饮食笑，说年龄也笑；说到城市的摩托车笑，说到越南人肯花几个月的工资买一部iphone笑，说到地价太高买不起房，他们就在原有房子的基础上拼命往上盖，使得一家几代人生活在一起时也会笑。似乎他压根就没有什么烦恼，在他眼里，一切都是美好的。

我就这样被他特有的傻笑带到了美丽的占婆岛。那是我见过的最美的海岛之一。游人不多，海水清澈见底，白色的沙滩像圣洁的地毯铺在海水边。

这里最贵的是冰。阿辉告诉我，因为这里大部分时间是没有电的，所以根本就没有冰箱，冰要从会安那边海运过来。他的笑容好像还流露出些许自豪，仿佛有一件价格与国际接轨的商品是很值得骄傲的事情。

我们坐在树荫下，看着孤傲的大海。总有些渔民在下船之后，挽起裤腿在海水里捡着什么东西。阿辉说他们是在捡垃圾，而且是纯自发的，没人要他们这么去做。他们每天出海回来都会捡一些垃圾，已经成为习惯。

我有些不解，人们可以忍受城市的脏乱不堪，对待大海却是另一种态度。

阿辉突然板起脸来："这些垃圾随手扔在海里其实跟扔在自己家里没有太多分别。大海是通向全世界的，总有一天被垃圾污染过的东西会变成商品，又被自己买回家。"

背影

因为语言不通，我闹出过不少笑话，最近的一次，是在婺源。

刚刚穿越了一片稻田，我走在乡间小道上，背面是山，眼前是历史悠久的徽派建筑。我在建筑群的小巷子里七拐八拐，用相机记录着老城的情怀。

不知走到哪一户人家，一位瘦骨嶙峋的白发老妪步履蹒跚地出现在我的眼前。她大概只有不到1米5的身高，弓着背，满脸皱纹，窄小的肩膀勉强撑起一件衬衣。与之不相称的，是她手里拖拽着的一个巨大的木桶，那木桶看起来比老人的身体还大。她艰难地往小巷外走，我走过去，希望可以帮她做些什么。

“您是要去河边吗？我帮您抬过去吧？”她应该是去河边打水，我这样想着。

老人嘴里不知说着什么，看看她的桶，然后一脸茫然地看着我。我又把我希望帮助她的想法说了几遍，她开始露出不耐烦的表情，之后又做出夸张的动作拒绝我的好意。

直到恰好有位中年人从巷子里经过，我问他老太太为何如此坚决地拒绝我的好意。他捧腹大笑起来：“那是他们家的马桶！人家怎么好意思让你帮忙。”他介绍，老人已经快90岁了，每天都坚持干一些家务。

“老人也是该做些活的，不然衰老得快，就让她自己去吧。”中年人说。我们看着老人远去的背影逐渐消失在夕阳温暖的阳光下。

对不起

他说“对不起”的时候，眼神真的很可怜。

他说“对不起”的时候，声音真的像犯了错的学生。

其实他向我道歉的时候，身上还背着步枪，这简直让我受宠若惊。我头一次见到如此可爱的武警，是不是在雪山旁边待得久了，人也会变得平静、清澈、友善许多？

我是在中国和巴基斯坦边境的红其拉甫与他相遇的。以前，游客可以去到中巴边界的界碑旁，而今天，“上面有命令，谁也不许过去”。我们所能去到的最接近祖国边界的地方，就是红其拉甫边检前哨班附近了，在这里可以眺望巴基斯坦。

武警官兵见我们过来，也都围过来，气氛没有一丁点严肃，倒像是他们把我们当作军属一样对待。

“来来来，吃点水果。”同行的队友把我们带来的水果分给他们。这些战士，也还是20出头的孩子呢。

“不，我不能要。”一个战士看了一眼塑料袋里的苹果，尽管眼馋，但还是想推辞掉。但最终还是说不过我们，收下了这些水果。

“对不起，这边不许拍照。”另一个战士走到我的身边，他说话的时候像是犯了错的学生，委屈至极。其实你大可不必这样，你背着步枪，谁敢惹你？我这样想着，心里又着实想笑。

“啊，不好意思。”我问：“哪里可以拍呢？”

“草坪、雪山、土地，那些都可以拍。”他指着前哨班对面说，害羞地一笑。

我自然是服从命令的游客了，转身向对面的一片空地走过去。殊不知，这里一年要来多少旅客，又有多少人从这里通向巴基斯坦或是走进祖国。希望在他眼里，每一个人都是好人，希望每一个人也真的都是好人。

我面向雪山默默祷告，深深地祝福他们。

三毛好似不曾来过

秋风落叶，雾雨绵绵，风催叶飘零。叶是树的记忆，失去了它们，树更显凄凉。但恰好，民国时期遗留下来的老建筑与之相衬，显得更有味道。

我宁愿在这树下坐着，听风吹，看雾花，赏落叶，像古代触景生情的诗人。

假如我是城市的规划者，一定要像重庆南岸一样，把高楼建在江河边，再开辟一片不相干的新地，让现代化的城市为人们谋福利。我也会保留所有对这座城市意义重大的古迹，邀请各国的专家，帮它们更加完好地流传下去。因为它们饱含着人们世世代代的记忆，如果拆了，就像秋风落叶那样，令人惋叹。

走在黄桷古道的巷子里，蒙蒙的细雨薄薄地打湿了地面，老人们坐在自家的门口，望着不变的风景。这风景，或许一看就是几十年，从不会腻。窗台上的花猫看见我们，好奇地踱过来，待我举起相机，便一溜烟跑掉了。这里的人们太会享受，一副牌，可以打一个下午。门墩前独自抽烟的老爷子笑着说："这副牌，是要打一辈子的。"这麻将里有酸甜苦辣咸，有柴米油盐酱醋茶。一副牌就是生活，就是整个世界。

我走到三毛的故居，不经人介绍，恐怕没人会找到这里。一位享誉全国的作家的出生地，竟低调得有些不像话。这里的人们就生活在这里，生活在三毛笔下的光阴里，生活在她的光辉下，却也平静淡定地过着自己的日子，甚至连她的故宅都已经有了新的主人，复刻着平凡的生活，好像她不曾来过，也不曾被人记住一样。在他们看来，三毛的童年和那里的每一个孩子一样，吃饭、喝茶、穿衣、识字，长大后追求自己喜欢的生活，与你我都一样。

雨断断续续，几片黄叶顺着低矮房檐的瓦片滑落。我想，我之所以有古代诗人的忧愁，是因为我已经迷了路，回不去童年的家。所以当我看到黄桷古道的人们时，会莫名地开心起来，因为这里有三毛，所以他们不用担心突然有一天，再也找不到回家的路。

辞职旅行

我曾在越南碰到了一个辞职去旅行的同胞，他说他马上就要去越南南方，下一站是柬埔寨，潇洒至极。回来之后，我看到自己微博里的留言，很多朋友也想抛下一切束缚去旅行。

我个人觉得年轻人辞职抛下一切去旅行是一件很扯淡的事情，除非你是富二代，否则你没有权力抛下一切去做任何事情。如果没有一个对自己人生的规划，“抛下一切”便是对自己的不负责任。不要跟风，更不要学职业旅行家，因为你不知道每一个旅行家背后所付出的艰辛。较好的写作、拍照功底是他们的基本素质，而且他们还拥有足够的人脉，可以保证如果哪一天走不下去了，可以随时回到现实生活中，做一个上班族。他们外出旅行，可能会有企业免费赞助，可能会被电视电台播出，从而得到更多机会。而你呢?

可以辞职旅行，但不要抛下一切。我们终究还是社会人，终究离不开周遭的朋友、家人、同学以及工作伙伴，不要抛下他们不管。当然，最好的结果是，我们既可以做属于自己的那个人，也可以平衡自己在社会中种种复杂的身份，这需要历练。

我要求自己做到的是：做事情不留退路，但人生一定要留退路。

祝福自己的敌人

在旅行当中，我遇到过各式各样的人和情况，其中当然包括许许多多负面的部分。在莫尔道嘎，我遇到了黑心的饭店老板，同样价格的饭菜，他给我们的分量只是本地人的一半；在图里河，我们通过辛苦问询，希望可以采访到某酒厂的贫困员工，却意外遭到酒厂老板的愤怒拒绝，恶言相加；在庐山，我遇到了宰人的出租车司机，短短5分钟的车程，要我50元钱，最后把我拉到荒无人烟的地方，我只好顶着40多度的高温，徒步往回走；在西宁的某个公交汽车站，随人群上车的时候，总有几个人在里面挤来挤去，最终却从不上车，他们是职业扒手……这种事情数不胜数。我从未把他们当做我的仇人，他们只是过客，如花草、湖水那般，无法将我改变，我依旧会开心地旅行，在旅行中学习，为帮助自己而去帮助别人。

心中没有敌人，你便无敌了。

引用《圣经》里的话，“我们要祝福自己的敌人（仇人）”。真正的强大不是我们紧握的拳头，而是爱心。

跋／我们，其实什么也不是

不知为何，我爱上了一份单纯，这个心理变化源自不断旅行。

也不知为何，我突然间就成为朋友们倾诉的对象。

几天前，有朋友向我抱怨，说在生活面前，她像是一个苍老的人，面对无数的事与愿违和复杂的人际关系，自己已经有些身心疲惫了。

这样的朋友很多，他们断然不是每时每刻都带有这样的负面情绪，只不过心情波动的时候偶尔发泄一下情绪，翌日还得装作什么都没有发生的样子，奋勇地冲进格子间的电脑前或是面带微笑地坐在客户身边。朋友周围的朋友依旧过着他们彼此同质化的生活，互相抱怨。抱怨像滚雪球一般，越积越多，越滚越大。

这么一来，我大概明白了为什么他们喜欢把烦恼向我倾诉，因为我和他们的生活不同。每个人的心情来源于他所存在的世界，而我的世界与他们的有所不同。

朋友说："真是觉得你很单纯，甚至觉得你的想法都很幼稚。”这句话凭空放在这里，听起来让人有些奇怪。平白无故地说一个同龄人幼稚，肯定没有哪个倾听者喜欢。后来她又补充了一句：“很羡慕你这样的生活。”这句话大概是我辞职以来听得最多的一句。

我原本该和他们一样，在单位里拼命工作，做近乎同样的事情，换取固定的薪水。但是从辞职到今天，我走过了比以前多几百倍的路，看到了不一样的人们、不一样的生活。我给这位朋友发了几张图，希望告诉她我眼里的格子间之外的世界。大部分的烦恼都是因为我们只能看到眼前而造成的，跳出来之后即会完全不同。

我给朋友看的第一张照片，我把它命名为《暑假》。图片中有两个小姑娘，是在我们去景德镇瑶里的时候碰到的，年龄不大，都是小学生。她们在暑假期间帮家里干活，跑出来向游客兜售自家种的水果和特色工艺品。她们竭尽全力想卖些东西给我们，熟练地介绍着自家的商品。我们说只看看，不买。但她俩竟然没有面露一丝遗憾，不顾眼前的摊子，自顾自地跑到那棵千年香樟树下玩耍去了。

有一组图片是我在重庆十八梯拍的，上面有喝茶的老人，也有围坐在一起玩扑克的中年男女。他们从小在这里长大，每天除了工作（或者有些人已经退休不用上班）以外就是打牌、放空，忘记一切。尽管我看到十八梯的很多建筑上画着大大的“拆”字，知道这里不久后就要消失不见，他们可能就要跟这个养育他们的地方永远地告别了，告别那些过去的记忆和平日的朋友，或许他们再也不能像现在这样在炎热的午后找一个庇荫的地方打几圈牌了。

但不论怎样，他们都尽量让自己生活得更开心。他们远没有我这个局外人矫情，我多少是想到了北京的老胡同，感觉它与十八梯是相距千里的老朋友。

我又翻出一张照片，对朋友说：“这位微笑的老者是个台湾农民，现在开出租车，每年挣不了多少钱，也没有出过台湾，孩子们在外面上学、工作，几乎就他自己和老伴儿一起生活。但是他请我吃了个便当，我能感觉到他努力对别人好，尽力赠与别人温暖。我在旅行中遇到过很多主动帮助我的朋友，付出爱心让他们笑得特别灿烂，特别有底气。”

“你看这张。”这张照片上是两个小女孩，她们无邪的笑容和双眼，让人感动。“你知道吗？在我问她们的梦想是什么的时候，她们竟然回答不上来。后来我才理解，原来她们从小生活在乡村里，对于外界一无所知，对于她们而言，哪里有什么远大的梦想呢？但是她们见到我们竟然围了上来，拍摄这张图片的时候，我身后还有几个孩子，她们显然已经足够快乐了，至少比你我快乐得多。”对孩子们而言，没有梦想也许并不可怕，最可怕的是不按照规律做事，把梦想硬塞给他们。对我的朋友而言，欲望越大，或许越难快乐，要他们快乐的成本太高了。

说到这里，我那位朋友似乎有了些感受：“每个人都有着各自的生活，他们的生活是纯朴的。其实咱们这代人很多时候是社会观念出了问题，于是也就成了牺牲品。”

我忽然想起一位潜心研究道家思想的朋友，前不久与武当的一个道士浅谈了一些道理。论理论知识，或许我这位朋友还可以更胜一筹，但是道士说的一个不客观的真理，他却无论如何辩驳不倒：人生没有对错，只有成败。如果错误的认知成为了共识，人有多勇敢，就有多悲哀。

于是我回答道：“如果可以每天都过得很自在快乐，那就是一种成功。其实最重要的就是心态的调整。我们的心本可以很简单，只是有时候自己把自己想得太复杂了，把整个世界想得太复杂了。心灵简单了，或许可以更加从容地面对生活。”

走出去以后，我才发现，世界太大了，大到每个人都有几段精彩绝伦的故事，大到连我们的身体都可以忽略不计，大到某一天我们中的谁、某所学校，甚至一座城市突然消失，这个世界的绝大多数人都全然不知，对他们毫无影响。我们这点忧愁烦恼犹如沧海一粟，何足挂齿。万事不顺也可如皈依的僧侣剃去三千烦恼丝一般轻易地抛在身外，因为在世界看来，我们太渺小了，小到——甚至什么也不是。

旅行是一种修行，这句话没错，道家和佛教的思想让人心气平和，却不曾想我在旅行中竟也可以领悟到其中的些许精妙之处。而作为一个基督教徒，我记得牧师曾经在教堂里说：“所有的灾难都是上帝为你安排的，你接受就好了。所有的功劳都是上帝带给你的，你要献给上帝。”是功是过是祸是福，跟你也没多大关系。

对于这句话，起初我还难以理解。然而，旅行之后，走着走着我就渐渐明白了。

我不说并不代表我不知道。也许，这样的单纯和幼稚，正是很多人可遇不可求的吧。

BACON
Van Gogh

882036

Pizzeria FRITTO MISTO Spaghetteria
MENU PESCE FRITTO PATATE €10 50
SALA INTERNA
MENU PANINO PATATE €7 50
SALA

写在最后

这本书，是为了献给所有渴望单纯，却又不得不为了生活违背了自己意愿的朋友。当我们发现自己已经不那么容易相信别人的时候，当我们发现自己付出的爱心往往会被别人误解的时候，我们的周遭一定存在着问题。

有朋友给我留言说：我在帮助别人之后，得到的却是对方的嘲笑或冷眼，觉得心里很不平衡，以后不打算帮助别人了。我认为，帮助别人是自己的事情，至于对方怎么对待我们，那是他们的事情，我们只管做好自己就行了。如果是为了得到什么才去帮助别人，那就是动机不纯，仍需要修心。

希望你能通过阅读这本书，得到一些有用的东西，哪怕在若干年后，只记住其中的一句话。

感谢今年在“寻找中国最极端”系列活动中陪我一起走过的“80公升”成员，他们分别是：

第一季　极冷寻暖（牙克石－图里河－根河－莫尔道嘎－海拉尔）：@荆紫 @叶落孤舟

第二季　青海湖寻缘（天水－陇南－西宁）：@荆紫　@沈太玲 @穆杉伯男

第三季　爱在边境（景洪－勐腊－磨憨－绿春－元阳－昆明）：@诗韵梦寻 @手边巴黎urruolan

第四季　至北至美（哈尔滨－漠河－加格达奇）：@余思 @穆杉伯男 @粥粥游 @赵小牛618

第五季　寻MI鄱阳湖（九江－景德镇－婺源）：@Pietro_lau

第六季　从极低向西（乌鲁木齐－喀什－塔什库尔干－红其拉甫－吐鲁番）：@刘哲_幸福旅行箱　@沈太玲　@毛豆想睡觉 @Pietro_lau

感谢一直以来给予“80公升”巨大支持的公益合作伙伴：麦田计划、微尘基金。

感谢所有“80公升”的志愿者们。

感谢漠河旅游局的盛情款待和大力支持。

感谢人民邮电出版社为本书辛苦付出的朋友们。

感谢一直以来支持“80公升”和公益事业的媒体：旅游卫视、北京卫视、深圳卫视、摄影旅游杂志、咔啪杂志、中国旅游报、蚂蜂窝、中央人民广播电台、北京文艺广播等。

同样感谢热心企业诸如Jackwolfskin、五星电器、北京知迅码、锦绣年华等的友情赞助。

感谢所有为我担心的家人和朋友。

感谢正在阅读此书的你。

我卖的不是书，是药。

你知道吗?

我身边有很多人，忙碌一生，

挣了钱，成了名，

却忘了当初最单纯的快乐。

所以我，

想为了得到你发自内心的微笑，

做些事情。